〔宋〕歐陽修 撰

詩經經典（一）

北方聯合出版傳媒（集團）股份有限公司
萬卷出版有限責任公司

詳校官山東道御史臣溫常綬

臣紀昀覆勘

欽定四庫全書　　經部三

詩本義　　詩類

提要

臣等謹案詩本義十六卷宋歐陽修撰是書凡為說一百十有四篇統解十篇時世本末二論豳魯序三問而補亡鄭譜及詩圖總序附於卷末修文章名一世而經術亦復湛深王宏撰山史記嘉靖時欲以修從祀孔子

廟衆論靡定世宗諭大學士楊一清曰朕閲書武成篇有引用歐陽修語豈得謂修於六經無羽翼於聖門無功乎一清對以修之論說見於武成蓋僅有者耳其從祀一節未敢輕議云云蓋均不知修有此書也自唐以來說詩者莫敢議毛鄭雖老師宿儒亦謹守小序至宋而新義日增舊說幾廢推原所始實發於修是修作是書本出於和氣平心以意

逆志故其立論未嘗輕議二家而亦不曲徇二家其所訓釋往往得詩人之本志後之學者或務立新奇自矜神解至於王柏之流乃併疑及聖經使周南召南俱遭删削則變本加厲之過固不得以濫觴之始歸咎於修矣乾隆四十九年十月恭校上

總纂官臣紀昀臣陸錫熊臣孫士毅

總校官臣陸費墀

欽定四庫全書

詩本義卷一

宋 歐陽修 撰

關雎

論曰爲關雎之說者既差其時世至於大義亦已失之蓋關雎之作本以雎鳩比后妃之德故上言雎鳩在河洲之上關關然雄雌和鳴下言淑女以配君子以述文王太姒爲好匹如雎鳩雄雌之和諧爾毛鄭則不然謂

詩所斥淑女者非太姒也是太姒有不妬忌之行而幽閨深宮之善女皆得進御於文王所謂淑女者是三夫人九嬪御以下衆宮人爾然則上言雎鳩方取物以為比興而下言淑女自是三夫人九嬪御以下則終篇更無一語以及太姒且關雎本謂文王太姒而終篇無一語及之此豈近於人情古之人簡質不如是之迂也先儒辨雎鳩者甚衆皆不離於水鳥惟毛公得之曰鳥摰而有别謂水上之鳥捕魚而食鳥之猛摰者也而鄭氏

轉釋摯為至謂雌雄情意至者非也鳥獸雌雄皆有情意孰知雎鳩之情獨至也哉或曰詩人本述后妃淑善之德反以猛摯之物比之豈不戾哉對曰不取其摯取其別也雎鳩之在河洲聽其聲則和視其居則有別此詩人之所取也孟子曰不以文害辭不以辭害志鄭氏見詩有荇菜之文遂以琴瑟鍾鼓為祭時之樂此孟子之所誚也

本義曰詩人見雎鳩雌雄在河洲之上聽其聲則關關

然和諧視其居則常有别有似淑女匹其君子不淫其色亦常有别而不黷也淑女謂太姒君子謂文王也參差荇菜左右流之者言后妃采彼荇菜以供祭祀以其有不妒忌之行左右樂助其事故曰左右流之也流求也此淑女與左右之人常勤其職至日夜寢起不忘其事故曰寤寐求之輾轉反側之類是也后妃進不淫其色以專君退與左右勤其職事能如此則宜有琴瑟鍾鼓之友樂之而不厭也此詩人愛之之辭也關雎周衰

之作也太史公曰周道缺而關雎作蓋思古以刺今之詩也謂此淑女配於君子不淫其色而能與其左右勤其職事則可以琴瑟鍾鼓友樂之爾皆所以刺時之不然先勤其職而後樂故曰關雎樂而不淫其思古以刺今而言不迫切故曰哀而不傷

葛覃

論曰葛覃之首章毛傳為得而鄭箋失之葛以為絺綌爾據其下章可驗安有取喻女之長大哉黃鳥栗留也

麥黃椹熟栗留鳴蓋知時之鳥也詩人引之以志夏時草木盛葛欲成而女功之事將作爾豈有喻女有才美之聲遠聞哉如鄭之説則與下章意不相屬可謂衍説也卒章之義毛鄭皆通而鄭説為長

本義曰詩人言后妃為女時勤於女事見葛生引蔓于中谷其葉萋萋然茂盛葛常生于叢木之間故又仰見叢木之上黃鳥之聲喈喈然知此黃鳥之鳴乃盛夏之時草木方茂葛將成就而可采因時感事樂女功之將

作故其次章遂言葛以成就刈濩而爲絺綌也其卒章之義毛鄭之説是也

卷耳

論曰卷耳之義失之久矣云卷耳易得頃筐易盈而不盈者以其心之憂思在於求賢而不在於采卷耳此荀卿子之説也婦人無外事求賢審官非后妃之職也臣下出使歸而宴勞之此庸君之所能也國君不能官人於列位使后妃越職而深憂至勞心而廢事又不知臣

下之勤勞闕宴勞之常禮重貽后妃之憂傷如此則文王之志荒矣序言知臣下之勤勞以詩三章考之如毛鄭之說則文意乖離而不相屬且首章方言后妃思欲君子求賢而置之列位以其未能也故憂思至深而忘其手有所采二章三章乃言君能以罍觥酌酒使臣與之飲樂則我不傷痛矣前後之意頓殊如此豈其本義哉

本義曰卷耳易得頃筐小器也然采采而不能頓盈后

妃以采卷耳之不盈而知求賢之難得因物託意諷其君子以謂賢才難得宜愛惜之因其勤勞而宴犒之酌以金罍不為過禮但不可以長懷於飲樂爾故曰維以不永懷養愛臣下慰其勞苦而接以恩意酒歡禮失觥罰以為樂亦不為過而於義未傷故曰維以不永傷也所以宜然者由賢者臣勤國事勞苦之甚如卒章之所陳也詩人述后妃此意以為言以見周南君后皆賢其宮中相語者如是而已非有私謁之言也蓋疾時之不

然、

樛木

論曰毛傳葛藟尤爲簡略然以其簡故未見其失鄭箋所説皆詩意本無考於序文亦不述雖詩之大義未甚失然於説爲衍也據序止言后妃能逮下而無嫉妬之心爾鄭謂常以善言逮下而安之又云衆妾上附事之而禮儀俱盛又云能以禮樂樂其君子使福禄所安考詩及序皆無此意凡詩每章重復前語甚多乃詩人之

常爾豈獨於此二章見殷勤之意故曰衍說也

本義曰詩人以樛木下其枝使葛藟得托而並茂如后妃不嫉妒下其意以和衆妾衆妾得附之而並進於君子后不嫉妒則妾無怨曠云樂只君子福禄綏之者衆妾愛樂其君子之辭也

螽斯

論曰螽斯大義甚明而易得惟其序文顛倒遂使毛鄭從而解之失也蟄螽蝗類微蟲爾詩人安能知其心不

妒忌此尤不近人情者螽蟴多子之蟲也大率蟲子皆多詩人偶取其一以為比爾所比者但取其多子似螽斯也據序宜言不妒忌則子孫衆多如螽斯也今其文倒故毛鄭遂謂螽斯有不妒忌之性者失也振振羣行貌繩繩齊一貌蟄蟄衆聚貌皆謂子孫之多而毛訓仁厚戒慎和集皆非詩意其大義則不遠故不復云

兔罝

論曰兔罝小人之賤事也士有既賢且武又有將帥之

德可任以國守扞城其民其謀慮深長可以折衝禦難於未然若隣國有來相侵則可使往而和好以平其患及國有出兵攻伐則又可用為策謀之臣論其材智可為難得之臣也有人如此弃而不用使在田野張罝椓杙躬小人鄙賤之事則周南國君詩可以刺矣亦何所美哉如鄭箋所謂武夫者論材較德在周之盛不過方叔名虎吉甫之徒三數人而已春秋所載諸侯之臣號稱大夫者亦不過國有三數人而已今為詩說者泥於

序文莫不好德賢人衆多之語因以謂周南之人舉國皆賢無復君子小人之别下至兔罝之人皆負方叔名虎吉甫春秋賢大夫之材德則又近誣矣就如其說則舉國人人可用卷耳后妃又安用輔佐君子求賢審官至於憂勤者乎肅肅嚴整貌而毛傳以為敬且布罝椓杙何容施敬亦其失也春秋左氏傳晉郤至為楚子反言天下有道則諸侯有享宴以布政成禮而息民此公侯所以扞城其民也及其亂也諸侯貪冒爭尋常以

盡民則略其武夫以為腹心二者皆引赳赳武夫之詩以為言如郤至之說則公侯扞城為美公侯腹心為刺是兔罝一篇有美有刺郤左皆毛鄭前人其說如此與今詩義絶郤至所引纔詩四句疑當時别自有詩亦為此語故今不敢引據第考今詩序文以求詩義亦可見矣

本義曰捕兔之人布其網罟於道路林木之下肅肅然嚴整使兔不能越逸以興周南之君列其武夫為國守

禦赳赳然勇力使姦民不得竊發爾此武夫者外可以扞城其民內可以為公侯好匹其忠信又可倚以為腹心以見周南之君好德樂善得賢衆多所任守禦之夫猶如此也

漢廣

論曰據序但言無思犯禮者而鄭箋謂犯禮而往正女將不至則是女皆正潔男獨有犯禮之心焉而行露序亦云彊暴之男不能侵陵正女如此則文王之化獨能

使婦人女子知禮義而不能化男子也此甚不然蓋當紂時淫風大行男女相奔犯者多而江漢之國被文王之化男女不相侵如詩所陳爾夫政化之行可使人顧禮義而不敢肆其欲不能使人盡無情欲心也紂時風俗男女恣其情欲而相奔犯今被文王之化男子雖悦慕游女而自顧禮法不可得而止也考詩三章皆是男子見出游之女悦其美色而不可得爾若鄭箋則不然其一章乃云男欲犯禮而往二章三章乃云欲擇尤正

潔者使嫁我則一篇之中前後意殊且序但云無思犯
禮本無欲女嫁我之意蓋雖正女無不嫁之理苟以禮
求婚安得不嫁由鄭以于歸為嫁乃失之爾
本義曰南方之木高而不可息漢上之女美而不可求
此一章之義明矣其二章云薪刈其楚者言衆薪錯雜
我欲刈其尤翹翹者衆女雜遊我欲得其尤美者既知
不可得乃云之子既出遊而歸我則願秣其馬此悅慕
之辭猶古人言雖為執鞭猶忻慕焉者是也既述此意

而又致其不可之辭如漢廣而不可泳江永而不可方爾蓋極陳男女之情雖有而不可求則見文王之政化被人深矣

汝墳

論曰序言婦人能閔其君子君子謂周南之大夫以國事勤勞於外者然則所謂婦人者大夫之妻也如鄭氏之說伐薪非婦人之事意謂此婦人不宜伐薪而令伐薪如君子之賢不宜處勤勞而令處勤勞其意如此乃

是直謂周南大夫之妻自出伐薪爾為國者必有尊卑之别大夫之妻自伐薪雖古今不同其必不然理不待論則鄭説之失可知矣矧賢者固當勤勞於國而反謂非其事則又違勉之以正之言也鄭氏又以王室如燬父母孔邇謂紂為酷暴君子避此勤勞之事或時得罪則害及父母不惟詩文本無此意且君子所勤者周南之事爾紂雖虐刑必不為周誅避事之臣兹理亦有所不通矣

本義曰周南大夫之妻出見循汝水之墳以伐薪者為勞役之事念已君子以國事奔走於外者其勤勞亦可知思之欲見如饑者之思食爾其二章云既見君子不我遐棄者謂君子以事畢來歸雖不我遠去我亦不敢偷安其私故卒章則復勉之云魚勞則尾赤今王室酷烈如火之將焚紂雖如此而周南父母之邦自當宣力勤其國事以圖安爾

麟之趾

論曰孟子去詩世近而最善言詩推其所說詩義與今序意多同故後儒異說為詩害者常賴序文以為證然至於二南其序多失而麟趾騶虞所失尤甚特不可以為信疑此二篇之序為講師以已說汨之不然安得繆論之如此也據詩直以國君有公子如麟有趾爾更無他義也若序言關雎之應乃是關雎化行天下太平有瑞麟出而為應不惟怪妄不經且與詩意不類關雎麟趾作非一人作麟趾者了無及關雎之意故前儒為毛

鄭學者自覺其非乃為曲說云實無麟應太史編詩之時假設此義以謂關雎化成宜有麟出故借此麟趾之篇列於最後使若化成而麟至爾然則序之所述乃非詩人作詩之本意是太師編詩假設之義也毛鄭遂執序意以解詩是以太師假設之義解詩人之本義宜其失之遠也如毛言麟以足至者鄭謂角端有肉亦有武而不用者尤為衍說此篇序既全乖不可引據但直考詩文自可見其意

本義曰周南風人美其國君之德化及宗族同姓之親皆有信厚之行以輔衛其公室如麟有足有額有角以輔衛其身爾其義止於此也他獸亦有蹄角然亦不以為比而遠取麟者何哉麟遠人之獸也不害人物而希出故以為仁獸所以詩人引之以謂仁獸無鬬害之心尚以蹄角自衛如我國君以仁德為國猶須公族相輔衛爾

詩本義卷一

欽定四庫全書

詩本義卷二

宋 歐陽修 撰

鵲巢

論曰據詩但言維鳩居之而序言德如鳲鳩乃可以配鄭氏因謂鳲鳩有均一之德以今物理考之失自序始而鄭氏又增之爾且詩人本義直謂鵲有成巢鳩來居爾初無配義况鵲鳩異巢類不能作配也鳩之種類最

多此居鵲巢之鳩詩人直謂之鳩以今鳩考之詩人不繆但序與箋傳誤爾且鳲鳩爾雅謂之秸鞠而諸家傳釋或以為布穀或以為戴勝今之所謂布穀戴勝者與鳩絶異惟今人直謂之鳩者拙鳥也不能作巢多在屋尾間或於樹上架構樹枝初不成窠巢便以生子往往墜鷇殞雛而死蓋詩人取此拙鳥不能自營巢而有居鵲之成巢者以為興爾今鵲作巢甚堅既生雛散飛則棄而去在於物理容有鳩來處彼空巢古之詩人取物

比興但取其一義以喻意爾此鵲巢之義詩人但取鵲之營巢用功多以比周室積行累功以成王業鳩居鵲之成巢以比夫人起家來居已成之周室爾其所以云之意以興夫人來居其位當思周室創業積累之艱難宜輔佐君子共守而不失也此意詩雖無文但詩既言鵲成巢之用功多而鳩乃來居之則其意自然可見下言百兩者述其來歸之禮甚盛美其得正也

草蟲

論曰草蟲阜螽異類而交合詩人取以為戒而毛鄭以為同類相求取以自比大夫妻賓已嫁之婦而毛鄭以為在塗之女其於大義既乖是以終篇而失也蓋由毛鄭不以序意求詩義既失其本故枝辭衍說文義散離而與序意不合也序意止言大夫妻能以禮自防爾而毛鄭乃言在塗之女憂見其夫而不得禮又憂被出而歸宗皆詩文所無非其本義案爾雅阜螽謂之蠜草蟲謂之負蠜負形皆似蝗而異種二者皆名為螽其生於

陵阜者曰阜螽生於草間者曰草蟲形色不同種類亦異故以阜草別之凡蟲鳥皆於種類同者相匹偶惟此二物異類而相合合其所不當合故詩人引以比男女之不當合而合者爾

本義曰名南之大夫出而行役妻留在家當紂之末世淫風大行彊暴之男侵陵貞女淫泆之女犯禮求男此大夫之妻能以禮義自防不為淫風所化見彼草蟲喓喓然而鳴呼阜螽趯趯然而從之有如男女非其匹偶

而相呼誘以淫奔者故指以為戒而守禮以自防閑以待君子之歸故未見君子時常憂不能自守既見君子然後心降也其曰陟彼南山采蕨采薇云者婦人見時物之變覩感其君子久出而思得見之庶幾自守能保其身之意也

行露

論曰行露據序本為美召伯能聽訟而毛氏謂不思物變而推其類鄭氏謂物有似而非者士師所當審乃是

名伯不能聽審爾至其下章但云雖速我獄室家不足則了無聽訟之意與序相違且鄭又謂露濕道中是二月嫁娶之時且男女淫奔豈復更須仲春合禮之月又謂六禮之來彊委之且肆其彊暴以侵陵豈復猶備六禮何其說之迂也詩人本述紂世禮俗大壞及文王之化既行而淫風漸止然彊暴難化之男猶思犯禮將加侵陵而女能守正不可犯自訴其事而名伯又能聽決之爾若如毛鄭之說雖有媒妁而言約未許不待期要

而彊行六禮乃是男女争婚之訟爾非訴彊暴侵陵之事也且男女争婚世俗常事而中人皆能聽之豈足當詩人所美乎

本義曰厭浥行露豈不夙夜謂行多露者正女自訴之辭也誰謂雀無角何以穿我屋者以興事有非意而相干者也女子自言我當多露之時豈不欲早夜而出行猶以露多將被霑汙而不行其自防閑以保其身如此然不意彊暴之男與我本無室家之道遽欲侵陵於我

迫我興此獄訟雖然事終獲辯者由名伯聽訟之明也事獲辯者室家不足與下章亦不女從是也所謂非意相干者謂雀無角不能穿屋矣今乃以味而穿我屋謂鼠無牙不能穿墉矣今乃穴垣而居是皆出於不意也謂彼男子於我本無室家之道今乃直行彊暴欲見侵陵亦由非意相干也

摽有梅

論曰摽有梅本謂男女及時之詩也如毛鄭之説自首

章梅實七分以喻時衰二章三章喻衰落又甚乃是男女失時之詩也序言召南之國被文王之化男女得以及時則是紂世男女不得及時獨被文王之化者乃得及時爾且不及時有三說禮儀既喪淫風大行犯禮相奔者不禁及遭彊暴横見侵陵則男女有未及嫁娶之年先時而犯禮者矣世變多故兵既喪亂民不安居與力不足則男女有過嫁娶之年後時而不得如禮者矣然則先時後時皆為不及時而紂世男女常是先時犯

禮為不及時而被文王之化者變其淫俗男女各得守禮待及嫁娶之年然後成婚姻為及時爾今毛鄭以首章梅實七為當盛不嫁至於始衰以二章迨其今為急辭以卒章頃筐塈之為時已晚相奔而不禁是終篇無一人得及時者與詩人之意異矣鄭氏又執仲春之月至夏為過時此又其迂滯者也梅實有七至於落盡不出一月之間故前世學者多云詩人不以梅實記時早晚獨鄭氏以為過春及夏晚皆非詩人本義也古者婚

禮不自為主人求我庶士非男女自相求學者可以意得也

本義曰梅之盛時其實落者少而在者七已而落者多而在者三已而遂盡落矣詩人引此以興物之盛時不可久以言召南之人顧其男女方盛之年懼其過時而至衰落乃其求庶士以相婚姻也所以然者召南之俗被文王之化變其先時先奔犯禮之淫俗男女各得待其嫁娶之年而始求婚姻故惜其盛年難久而懼過時

也吉者宜也求其相宜者也今者時也欲及時也謂者

相語也遣媒妁相語以求之也

野有死麕

論曰詩序失於二南者多矣孔子曰三分天下有其二

以服事殷蓋言天下服周之盛德者過半爾說者執文

害意遂云九州之内奄有六州故毛鄭之說皆云文王自

岐都豐建號稱王行化於六州之内此皆欲尊文王而

反累之爾就如其說則紂猶在上文王之化止能自被

其所治然於芣苢序則曰天下和平婦人樂有子於麟趾序則曰關雎化行天下無犯非禮者於騶虞序則曰天下純被文王之化既曰如此矣於行露序則反有彊暴之男侵陵正女而爭訟於桃夭摽有梅序則又云婚姻男女得時又似不應有訟據野有死麕序則又云天下大亂强暴相陵遂成淫風惟被文王之化者猶能惡其無禮也其前後自相牴牾無所適從然而紂為淫亂天下成風猶文王所治不宜如此於野有死麕之序僅

可為是而毛鄭皆失其義詩三百篇大率作者之體不過三四爾有作詩者自述其言以為美刺如關雎相鼠之類是也有作者録當時人之言以見其事如谷風録其夫婦之言北風其涼録去衛之人之語之類是也有作者先自述其事次録其人之言以終之者如溱洧之類是也有作者述事與録當時人語雜以成篇如出車之類是也然皆文意相屬以成章未有如毛鄭觧野有死麕文意散離不相終始者其首章方言正女欲令人

以白茅包麕肉為禮而來以作詩者代正女吉人之言其意未終其下句則云有女懷春吉士誘之乃是詩人言昔時吉士以媒道成思春之正女而疾當時不然上下文義各自為說不相結以成章其次章三句言女告人欲令以茅包鹿肉而來其下句則云有女如玉乃是作詩者歎其女德如玉之辭尤不成文理是以失其義也

本義曰紂時男女淫奔以成風俗惟周人被文王之化

者能知廉恥而惡其無禮故見其男女之相誘而淫亂者惡之曰彼野有死麕之肉汝尚可以食之故愛惜而包以白茅之潔不使為物所汙奈何彼女懷春吉士遂誘而汙以非禮吉士猶然彊暴之男可知矣其次言樸樕之木猶可用以為薪死鹿猶束以白茅而不汙二物微賤者猶然況有女而如玉乎豈不可惜而以非禮汙之其卒章遂道其淫奔之狀曰汝無疾走無動我佩無驚我狗吠彼奔未必能動我佩蓋惡而遠却之之辭

騶虞

論曰缺

以時發矢射豝下句直歎騶虞不食生物若此乃是刺文王曾騶虞之不若也故知毛鄭為失

本義曰名南風人美其國君有仁徳不多殺以傷生能

以時田獵而虞官又能供職故當彼葭草茁然而初生

國君順時畋于騶囿之中蒐索害田之獸其騶囿之虞

官乃翼驅五田豕以待君之射君有仁心惟一發矢而

已不盡殺也故詩之首句言田獵之得時次言君仁而

不盡殺卒歎虞人之得禮

柏舟

論曰我心匪鑒不可以茹毛鄭皆以茹為度謂鑒之瞀

形不能度真偽我心匪鑒故能度知善惡據下章云我

心匪石不可轉也我心匪席不可卷也毛鄭解云石雖堅尚可轉席雖平尚可卷者其意謂石席可轉卷我心匪石席故不可轉卷也然則鑒可以茹我心匪鑒故不可茹文理易明而毛鄭反其義以為鑒不可茹而我心可茹者其失在於以茹為度也詩曰剛亦不吐柔亦不茹茹納也傳曰火日外景金水内景盖鑒之於物納景在内凡物不擇妍媸皆納其景時詩人謂衛之仁人其心匪鑒不能善惡皆納善者納之惡者不納以其不能

兼容是以見嫉於在側之羣小而獨不遇也憂心悄悄慍于羣小者本謂仁人為羣小所怒故常懼禍而憂心焉如鄭氏云德備而不遇所以慍者則是仁人慍羣小爾以文理考之當是羣小慍仁人也居諸語助也日月詩傳云日乎月乎者是也胡迭更互之辭也日居月諸胡迭而微者謂仁人傷衛日往月來而漸微爾猶言日朘月削也安有大臣專恣日如月然之義哉

擊鼓

論曰擊鼓五章自爰居而下三章王肅以為衛人從軍者與其室家訣別之辭而毛氏無說鄭氏以為軍中士伍相約誓之言今以義考之當時王肅之說為是則鄭於此詩一篇之失太半矣州吁以魯隱四年二月弑桓公而自立至九月如陳見殺中間惟從陳蔡伐鄭是其用兵之事而謂其阻兵安忍衆叛親離者蓋衛人以其有弑君之大惡不務以德和民而以用兵自結於諸侯言其勢必有禍敗之事爾其曰衆叛親離者第言人心

不附爾而鄭氏執其文遂以為伐鄭之兵軍士離散案春秋左傳言伐鄭之師圍其東門五日而還兵出既不久又未嘗敗衄不得有卒伍離散之事也且衛人暫出從軍已有怨刺之言其卒伍豈宜相約偕老於軍中此又非人情也由是言之王氏之説為得其義

本義曰州吁以弑君之惡自立内與工役外興兵而伐鄭國數月之閒兵出者再國人不堪所以怨刺故於其詩載其士卒將行與其室家訣别之語以見其情云我

之是行未有歸期亦未知於何所居處於何所喪其馬若求與我馬當於林下求之蓋為必敗之計也因念與子死生勤苦無所不同本期偕老而今闊別不能為生吁嗟我心所苦如此可信而在上者不我信也洵亦信也

匏有苦葉

論曰詩刺衛宣公與夫人並為淫亂而鄭氏謂夫人者夷姜也夷姜宣公之父妾也宣姜者宣公子伋之婦也

此二人皆稱夫人皆與宣公爲淫亂者考詩之言不可分别不知鄭氏何從知爲獨刺夷姜也案史記夷姜生子曰伋其後宣公爲伋娶齊女奪之是爲宣姜學者因附鄭説謂作詩時未爲伋娶故當是刺夷姜且詩作早晚不可知今直以詩之編次偶在前爾然則鄭説胡可爲據也據詩墻有茨刺公子頑云中冓之言不可道也所可道也言之醜也蓋甚惡之之辭也宣公烝父妾淫子婦皆是鳥獸之行悖人倫之理詩人刺之宜爲甚惡

之辭也今鄭氏以匏葉苦濟水深為八月納采問名之時又以深厲淺揭喻男女才性賢不肖長幼宜相當乃是刺婚姻不時男女不相當之詩爾且烝父妾奪子婦豈有婚姻之禮安問男女賢愚長幼相當與否蓋毛鄭二家不得詩人之意故其說失之迂遠也昔魯叔孫穆子賦匏有苦葉晉叔向曰苦匏不才供濟於人而已蓋謂要舟以渡水也春秋國語所載諸侯大夫賦詩多不用詩本義第略取一章或一句假借其言以苟通其意

如鵲巢黍苗之類故皆不可引以為詩之證至於鳥獸草木諸物常用於人者則不應繆妄若鮑為物當毛鄭未說詩之前其說如此若穆子去詩時近不應繆妄也今依其說以解詩則本義得矣毛鄭又謂飛曰雌雄走曰牝牡然周書曰牝雞無晨豈為走獸乎古語通用無常也

本義曰詩人以腰匏葉以涉濟者不問水深淺惟意所往期於必濟如宣公烝淫夷宣二姜不問可否惟意所

欲期於必得不懼滅亾之罪如涉濟者不思及溺之禍也濟盈不濡軌者濟盈無不濡之理而涉者貪於必進自謂不濡又興宣公貪於淫欲身蹈罪惡而不自知也雉鳴求其牡者又興夫人不顧禮義而從宣公如禽鳥之相求惟知雌雄為匹而無親踈父子之别雝雝鳴鴈旭日始旦士如歸妻迨冰未泮言士之娶妻猶有禮别宣公曾庻士之不若也招招舟子人涉卬否人涉卬否卬須我友者謂行路之人衆皆涉矣有招之而獨不涉

者以待同行不忘其友也以刺夫人忘己所當從而隨人所誘曾行路之人不如也凡涉水者淺則徒行深則舟渡而腰匏以涉者水深而無舟蓋急遽而蹈險者也故詩人引以為比

詩本義卷二

欽定四庫全書

詩本義卷三

宋 歐陽修 撰

北風

論曰北風本刺衛君暴虐百姓苦之不避風雪相攜而去爾鄭謂北風其涼雨雪其雱喻君政教暴酷者非也其虛其邪既亟只且者承上攜手同行之路云其可虛徐而不進乎謂當亟去爾皆民相招之辭而鄭謂在位

之人故時威儀寬徐今為刻急之行者亦非也謂人必不前後述衛君臣而中以民去之辭間之若此豈成文理莫赤匪狐莫黑匪烏者鄭謂喻君臣相承為惡如一且赤黑狐烏之自然非其惡也豈以喻君臣之惡皆非詩之本義也

本義曰詩人刺衛君暴虐衛人逃散之事述其百姓相招而去之辭曰北風其涼雨雪其雱惠而好我攜手同行者民言雖風雪如此有與我相惠好者當與相攜手

衛風冒雪而去爾其虛其邪既亟只且者言無暇寬徐當急去也莫赤匪狐莫黑匪烏謂狐兔各有類也言民各呼其同好以類相攜而去也故其下文云惠而好我攜手同車是也

靜女

論曰靜女之詩所以為刺也毛鄭之說皆以為美既非陳古以刺今又非思得賢女以配君子直言衛國有正靜之女其德可以配人君考序及詩皆無此義然則既

失其大旨而一篇之内隨事為説訓解不通者不足怪也詩曰靜女其姝俟我於城隅愛而不見搔首踟躕據文求義是言靜女有所待於城隅不見而徬徨爾其文顯而義明灼然易見而毛鄭乃謂正靜之女自防如城隅則是舍其一章但取城隅二字以自申其臆説爾彤管不知為何物如毛鄭之説則是女史所執以書后妃羣妾功過之筆之赤管也以謂女史所書是婦人之典法彤管是書典法之筆故云遺以古人之法何其迂也

據詩云靜女其孌遺我彤管所謂我者意是靜女以彤管所貽之人也若彤管是王宮女史之筆靜女從何得以遺人使靜女家自有彤管用以遺人則因彤管自媒何名靜女若謂詩人假設以為言是又不然且詩人本以意有難明故假物以見意如彤管之說左右不通如此詩人假之何以明意理必不然也其下文云彤管有煒説懌女美鄭既不能為説遂改為説釋以曲就已義改經就注先儒固已非之矣荑茅之始生而秀者何取

其有始有終毛義既失鄭又附之謂可以供祭祀據詩但言其美爾安有共祭祀之文皆衍說也據序言靜女刺時也衛君無道夫人無德謂宣公與二姜淫亂國人化之淫風大行君臣上下舉國之人皆可刺而難於指名以徧舉故曰刺時者謂時人皆可刺也據此乃是述衛風俗男女淫奔之詩爾以此求詩則本義得矣古者鍼筆皆有管樂器亦有管不知此彤管是何物也但彤是色之美者蓋男女相悅用此美色之管相遺以通情

結好爾

本義曰衛宣公既與二夫人烝淫為鳥獸之行衛俗化之禮義壞而淫風大行男女務以色相誘悅務誇自道而不知為惡雖幽靜難誘之女亦然舉靜女猶如此則其他可知故其詩述衛人之言曰彼姝然靜女約我而俟我於城隅與我相失而不相見則踟蹰不不能去又曰彼孌然靜女贈我以彤管此管之色煒然甚盛如女之美可悅懌也其卒章曰我自牧田而歸取彼茅之秀

者信美且異矣然未足以比女之為美聊貽美人以為報爾

新臺

論曰毛傳新臺訓詁而已其言旣簡不知其意如何未可遽言其得失至鄭傳釋籧篨為口柔戚施為面柔然後一篇之義皆失國語晉胥臣對文公言籧篨不可使俯注謂籧篨偃人不可使俛戚施不可使仰注謂戚施僂人不可使仰與僬僥侏儒矇瞍嚚瘖聾聵僮昏之類皆是人之不幸而身病者

故謂之八疾鄭既以謂籧篨戚施並斥衛宣公據詩宣公淫亂不恤國事兵革數起北風刺其虐政衛人怨怒相攜持而叛去二子乘舟又殺伋壽乃是衛之暴君似非柔者其淫於子婦鳥獸之行最為大惡詩人刺之宜加以深惡之言不當但言其口柔面柔而已鄭意自謂籧篨戚施本是病人以口面柔者似之故取以為言爾使宣公口面不柔邪詩人刺其大惡何故委曲取此小疾以斥之使宣公性實柔邪不當兼此二事蓋口柔不

能俯則是仰矣又安得戚施面柔不能仰則是俯矣又安得籧篨哉一人之身不容兼二事事此尤可笑者鮮少殄絶訓釋甚明而鄭解鮮為善又改殄為腆以曲成己記此尤不可取也今以毛傳訓詁求詩本義又據毛解卒章則毛雖簡略於義為得

本義曰衛人惡宣公淫其子婦乃臨河上築高臺而遂之以求燕婉之樂國人過其下者多仰面視之不少不絶言國人仰視者多也此惡宣公淫不避人如鳥獸爾

卒章言齊姜本嫁其子反與其父於此臺上共求燕婉之樂使國人見此又或俯面而不欲視之得此猶遇此也言遇此人而俯面不欲視據詩公在臺上其下之人甚衆有仰而視者有俯而不欲視者然則不欲視者惡之尤深

二子乘舟

論曰二子乘舟汎汎其景毛謂國人傷二子涉危遂往如乘舟而無所薄汎汎然迅疾而不礙也據傳言壽伋

相繼而往皆見殺豈謂汎汎然不礙引譬不類非詩人之意也宣公奪伋妻為鳥獸之行使伋之齊而殺之伋當逃避使宣公無殺子之事不陷於罪惡乃為得禮若壽者益不當先往而就死二子舉非合理死不得其所聖人之所不取但國人憐而哀其不幸故詩人述其事以譬夫乘舟者汎汎然無所維制至於覆溺可哀而不足尚亦猶語謂暴虎馮河死而無悔也詩人之意如此而已不瑕有害毛説是矣

牆有茨

論曰牆有茨文義皆簡而易明由毛公一言之失鄭氏從而附之遂汨詩之本義公子頑通乎宣姜鳥獸之行人所共惡當加誅戮然宣姜是國君之母誅公子頑則暴宣姜之罪傷惠公子母之道故不得而誅爾詩人乃引蒺藜人所惡之草今乃生於牆理當埽除然欲埽除則懼損牆以比公子頑罪當誅戮欲誅則懼傷惠公子母之道其義如此而已所謂毛公一言之失者謂牆所

以防非常也且詩人取物比興本以意有難明假物見意爾若謂牆以防非常則雖有蒺藜生其上何害其防非常也且所謂牆以防非常者為內外之限爾若上有蒺藜則人益不可履而踰是於牆反有助爾此豈詩人之本意哉詩人本意但惡公子頑當誅懼有所傷而不得誅如蒺藜當去懼損牆而不得去爾毛公言去傷牆則近矣

相鼠

論曰經義固常簡直明白而未嘗不為說者迂回汨亂而失之彌遠也相鼠之義不多直刺衞之羣臣無禮儀爾詩之意言人不如鼠爾而毛鄭氏以鼠比人此其失也毛言居尊位為闇昧之行考序及詩皆無此義而鄭氏又從而附之謂偷食苟得不知廉恥皆詩所無鼠穴處詩人不以譬高位也本刺無禮儀何取鼠之偷食詩言鼠有皮毛以成其體而人反無威儀容止以自飾其身曾鼠之不如也人不如鼠則何不死爾此甚嫉之之

辭也三章之意皆然更無他意也

考槃

論曰考槃本述賢者退而窮處鄭解永矢弗諼以謂誓不忘君之惡永矢弗過謂誓不復入君之朝永矢弗告謂誓不告君以善道如鄭之説進則喜樂退則怨懟乃不知命之很人爾安得為賢者也孔孟常不遇矣所居之國其君召之以禮無不往也顔子常窮處矣人不堪其憂而不改其樂也使詩人之意果如鄭説孔子録詩

必不取也

本義曰考成槃樂也考槃在澗碩人之寛獨寐寤言永矢弗諼謂碩人居於山澗之間不以為狹而獨言自謂不忘此樂也碩人之寛澗居雖狹賢者以為寛也永矢弗過者謂安然樂居澗中不復有所他之也永矢弗告者自得其樂不可妄以語人也

氓

論曰氓據序是衛國淫奔之女色衰而為其男子所棄

困而自悔之辭也今考其詩一篇始終皆是女責其男之語凡言子言爾者皆女謂其男也鄭於爾卜爾筮獨以謂告此婦人曰我卜汝宜為室家且上下文初無男子之語忽以此一句為男告女豈成文理據詩所述是女被棄遂怨悔而追序與男相得之初殷勤之篤而責其終始棄背之辭云子初來即我謀我既許子而爾乃決以卜筮於是我從子而往爾推其文里爾卜爾筮者女爾其男子也桑之未落其葉沃若于嗟鳩兮無食桑

甚于嗟女兮無與士耽皆是女被棄遂困而自悔之辭鄭以為國之賢者刺此婦人見誘故于嗟而戒之今據上文以我賄遷下文桑之落矣皆是女之自語豈於其閒獨此數句為國之賢者之言據序但言序其事以風則是詩人序述女語爾不知鄭氏何從知為賢者之辭蓋臆說也桑之沃若喻男情意盛時可愛至黄而隕又喻男意易得衰落爾鄭以桑未落為仲秋時又謂鳩非時而食葚且桑在春夏皆未落豈獨仲秋而仲秋安得

有甚此皆其失也蓋女謂我愛彼男子情意盛時與之耽樂而不思後患譬如鳩愛甚而食之過則為患也兄弟不知咥其笑矣據文本謂不知而笑鄭箋云若其知之則笑我與詩意正相反也詩述女言我為男子誘而奔也兄弟不知我今被其酷暴乃笑我爾意謂使其知我今困於棄遂則當哀我也其意如此而已

竹竿

論曰竹竿之詩據文求義終篇無比興之言直是衛女

嫁於異國不見荅而思歸之詩爾其言多述衛國風俗所安之樂以見已志思歸而不得爾而毛鄭曲為之說常以淇水為比喻詩曰籊籊竹竿以釣于淇毛為釣以得魚如婦人待禮以成為室家取物比事既非倫類又與下文不相屬詩下文云豈不爾思遠莫致之且衛女嫁在夫家但恩意不相厚爾是所謂近而不相得也而詩云遠莫致之故知毛說難通也鄭又以泉源小水當流入淇大水今不入淇而相左右喻女當歸夫家而不

見荅如鄭此説是以泉源喻女而以淇水喻夫家也若然則小水自不流入淇是衛女自不歸夫家爾義豈得安又其下章云淇水滺滺檜楫松舟謂舟楫相配得水而行如男女相配得禮而備則又以淇水喻禮也不唯淇水喻禮義自不倫且上章以淇水喻夫家下章又以淇水喻禮詩人不必二三其意雜亂以惑人也

本義曰衛女之思歸者述其國俗之樂云有籊籊然執竿以釣于淇者我在家時常出而見之今我豈不思復

見之乎而遠嫁異國不得歸爾又言泉淇二水之閒衛人之所常遊處也今我嫁在異國與父母兄弟皆不得相近况此二水乎因又思衛女之在其國者巧笑佩玉威儀閒暇樂然二水之上念已有所不如也又言淇水滺滺然有乘舟而遊者亦可樂也序言思而能以禮者謂雖不見荅而不敢道夫家之過惡亦不敢有欲去之心但陳衛國之樂以見思歸之意爾若谷風及氓則多述夫家之過惡也

揚之水

論曰據詩三章周人以出戍不得更代而怨思爾其序言不撫其民者謂勞民以遠戍也鄭氏不原其意遂以不流束薪為恩澤不行于民且激揚之水本取其力弱不能流移束薪與恩澤不行意不類由鄭氏泥於不撫其民而不考詩之上下文義也

本義曰激揚之水其力弱不能流移於束薪猶東周政衰不能召發諸侯獨使周人遠戍久而不得代爾彼其

之子周人謂他諸侯國人之當戍者也曷月還歸者久而不得代也

兔爰

論曰鄭氏於詩其失非一或不取序文致乖詩義或遠棄詩義專泥序文或序與詩皆所無者時時自為之說兔爰之義據序文及詩本以桓王之時周道衰微諸侯背叛君子惡居亂世不樂其生之詩也而鄭氏泥於王師傷敗之言遂以逢此百罹為軍役之事又以兔雉喻

政有緩急且詩言欲寐而不覺其惡時甚矣政有緩急未為大害也矧夫政體自當有緩有急就令寬猛失中詩人未至欲寤而不覺也

本義曰有兔爰爰雉離于羅者歎物有幸不幸也謂兔則爰爰而自得雉則陷身於羅網兔則幸而雉不幸也其曰我生之初尚無為者謂昔時周人尚幸世無事而閒緩如兔之爰爰也我生之後逢此百罹者謂今時周人不幸遭此亂世如雉陷於網羅蓋傷已適丁其時也

采葛

論曰詩人取物為比比所刺美之事爾至於陳已事可以直述不假曲取他物以為辭采葛采蕭采艾皆非王臣之事此小臣賤有司之所為也讒人者害賢材離間親信乃大臣賢士之所懼彼詩人不當引小臣賤有司之事以自陳此毛鄭未得於詩而強為之說爾故毛直以謂采葛者自懼讒而鄭覺其非因轉釋以為喻臣以小事出使者二家之說自相違異皆由失其本義也

本義曰詩人以采葛采蕭采艾者皆積少以成多如王聽讒説積微而成惑夫讒者疏人之所親疑人之所信奪人之所愛非一言可効一日可為必須累積而後成或漸入而日深或多言之並進故曰浸潤之譖又謂積毀銷骨也是以詩人刺讒常以積少成多為患采葛之義如是而已至於采苓防有鵲巢巷伯青蠅其義皆然

丘中有麻

論曰留為姓氏古固有之然考詩人之意所謂彼留子

嗟者非爲大夫之姓留者也莊王事迹略見春秋史記當時大夫留氏亦無所聞於人其被放遂亦不見其事旣其事不顯著則後世何從知之詩人但以莊王不明賢人多被放遂所以刺爾必不專主留氏一家及其云子國則毛公又以爲子嗟之父前世諸儒皆無考據不知毛公何從得之若以子國爲父則下章云彼留之子復是何人父子皆賢而並被放遂在理已無若汎言留氏舉族皆賢而皆被棄則愈不近人情矣況如毛鄭之

説留氏所以稱其賢者能治麻麥種樹而已矣夫周人衆矣能此者豈一留氏乎況能之未足為賢矣此詩失自毛公而鄭又從之

本義曰莊王之時賢人被放遂退處於丘壑國人思之以為麻麥之類生於丘中以其有用皆見收於人惟彼賢如子嗟子國者獨留於彼而不見録其來施施難於自進也將其來食思其來而録之也貽我佩玖謂其有美德也子嗟子國當時賢士之字汎言之也

詩本義卷三

詩本義卷四

宋 歐陽修 撰

叔于田

論曰叔于田之義至簡而明毛鄭於飲酒服馬無所解說而謂巷無居人者國人注心於叔似如無人處不惟其說迂疎且與下二章飲酒服馬文義不類以此知非詩人本意也雖爲小失不可不正

本義曰詩人言大叔得衆國人愛之以謂叔出于田則所居之巷若無人矣非實無人雖有而不如叔之美且仁也其二章又言叔出則巷無可共飲酒之人矣雖有而不如叔之美且好也其三章又言叔出則巷無能服馬之人矣雖有而不如叔之美且武也皆愛之之辭

羔裘

論曰羔裘晏兮三英粲兮毛鄭皆以三英為三德者本無所據蓋旁取書之三德曲為附麗爾六經所在三數

甚多苟可曲以附麗則何説不可據詩三章皆上兩言述羔裘之美下兩言稱其人之善其一章曰羔裘如濡洵直且侯者言此裘潤澤信可以為君朝服洵信也至其下言則稱其人曰彼其之子守命不變也其二章曰羔裘豹飾孔武有力言裘所以用豹為飾者以豹有武力之獸也故其下言稱其人云彼其之子邦之司直者謂服以武力之獸為飾而彼剛彊正直之人稱其服爾其三章曰羔裘晏兮三英粲兮亦當是述羔裘之美其

下言始云彼其之子邦之彥兮者謂稱其服也英美也粲衣服鮮明貌但三英失其義不知其為何物爾故闕其所未詳

女曰雞鳴

論曰女曰雞鳴士曰昧旦是詩人述夫婦相與語爾其終篇皆是夫婦相語之事蓋言古之賢夫婦相語者如此所以見其妻之不以色取愛於其夫而夫之於其妻不說其色而内相勉勵以成其賢也而鄭氏於其卒章

知子之來之以為子者是異國之賓客又言豫儲珩璜雜佩又言雖無此物猶言之以致意皆非詩文所有委曲生意而失詩本義且既解卒章以此又因以宜言飲酒與子偕老亦為賓客斯又泥而不通者也今徧考詩諸風言偕老者多矣皆為夫婦之言也且賓客一時相接豈有偕老之理是殊不近人情以此求詩何由得詩之義

本義曰詩人刺時好色而不說德乃陳古賢夫婦相警

勵以勤生之語謂婦勉其夫早起往取鳬鴈以為具飲酒歸以相樂御其琴瑟樂而不淫以相期於偕老凡云子者皆婦謂其夫也其卒章又言知子之來相和好者當有以贈報之以勉其夫不獨厚於室家又當尊賢友善而因物以結之此所謂說德而不好色以刺時之不然也

有女同車　山有扶蘇

論曰有女同車序言刺忽不昏於齊卒以無大國之助

至於見逐今考本篇了無此語若於山有扶蘇義則有之山有扶蘇序言刺忽所美非美考其本篇亦無其語若於有女同車義則有之二篇相次疑其戰國秦漢之際六經焚滅詩以諷誦相傳易為差失漢興承其訛繆不能考正遂以至今然不知魯韓齊三家之義又為何說也今移其序文附二篇之首則詩義煥然不求自得定本有女同車刺忽也所美非美然山有扶蘇刺忽也鄭人刺忽之不昏於齊太子忽嘗有功於齊齊侯請妻

之齊女賢而不取卒以無大國之助至於見逐故國人刺之毛鄭之說與子之本義學者可以擇焉

本義曰有女同車顔如舜華將翶將翔佩玉瓊琚彼美孟姜洵美且都云者詩人極陳齊女之美如此而鄭忽不知為美反娶於他國是所美非美也又曰山有扶蘇隰有荷華不見子都乃見狂且云者詩人以草木依託山隰皆得茂盛榮華以刺鄭忽不能依託大國以自安全遂斥其君此狂狡之童爾各舉一章則下章之義不

異也

褰裳

論曰褰裳之詩鄭有忽突爭國之事思大國來定其亂也據詩但怨諸侯不來而箋意謂鄭人不往義正相反此其失也其曰子惠思我褰裳涉溱者謂彼大國有惠然思念我鄭國之亂欲求為我討正之者非道遠而難至但褰其裳行涉溱水而來則至矣言甚易而不來爾而鄭謂有大國思我則我揭衣渡水往告以難也且以

難告人豈待其思而後往告亦不以難而不往也子不我思豈無他人者但言諸侯衆矣子不我思則當有他國思我者爾詩人假為此言以述鄭怨諸侯不相救卹爾而鄭謂先鄉齊晉宋衛後之荆楚者穿鑿之衍說也又曰豈無他士者猶言他人爾鄭謂大國之卿當天子之上士者亦拘儒之說也

子衿

論曰子衿據序但刺鄭人學校不修爾鄭以學子在學

中有留者有去者毛傳又以嗣爲習謂習詩樂又以一日不見如三月謂禮樂不可一日而廢苟如其說則學校修而不廢其有去者猶有居者則勸其來學然則詩人復何所刺哉鄭謂子寧不嗣音爲責其忘已則是矣據詩三章皆是學校廢而生徒分散朋友不復羣居不相見而思之辭爾挑達城闕閒日遨遊無度者也

東方之日

論曰東方之日毛鄭皆以喻君而毛謂日出東方人君

明盛鄭謂其明未融喻君不明東方之月毛鄭皆以喻臣而毛亦謂月盛於東方鄭又以為不明以詩文考之日月非喻君臣毛鄭固皆失之矣至於明不明之説二家特相反而日出東方明最盛皆智愚所共見而鄭以為不明者蓋遷就已説爾若毛既謂日月在東方為君臣盛明則於詩序所謂君臣失道者義豈得通此其又失也

本義曰東方之日日之初升也蓋言彼姝者子顏色奮

然美盛如日之升也在我室兮履我即兮者相邀以奔之辭也此述男女淫風但知稱其美色以相誇榮而不顧禮義所謂不能以禮化也下章之義亦然

南山

論曰南山刺齊襄與魯文姜之事毛鄭得之多矣其曰葛屨五兩冠緌雙止毛但云葛屨服之賤者冠緌服之尊者而不究其說鄭謂葛屨五兩喻文姜與姪娣傅姆同處冠緌喻襄公文姜與姪娣傅姆五人為奇襄公往

從而變之詩人之意必不如此然本義已失矣故闕其所未詳

蟋蟀

論曰蟋蟀之義簡而易明鄭氏以農功為詩考序及詩但刺僖公不能以禮自娛樂爾初不及農功也國君之尊以禮晏樂自有時豈如庶人必待農隙乎鄭惟此為衍說爾職思其外毛謂禮樂之外鄭謂國外至四境鄭又謂職思其憂為鄰國侵伐之事皆失之詩曰蟋蟀在

堂者著歲將晚而日月之逮宜為樂也職思其外者謂國君行樂有時使不廢其職事而更思其外爾謂廣為周慮也一國之政所憂非一事不專備侵伐也

揚之水

論曰詩人本刺昭公封沃而桓叔盛彊而毛鄭謂波流湍疾洗去垢濁使白石鑿鑿然如桓叔除民所患民得有禮義信如二家之說則是桓叔善治其民非其盛彊為晉患也據序所陳直謂昭公微弱不能制桓叔之彊

民皆舍弱就彊叛而歸沃爾非謂民知就禮義也使民知就禮義則晉雖弱而不叛也詩王風鄭風及此有揚之水三篇其王鄭二篇皆以激揚之水力弱不能流移束薪豈獨於此篇謂波流湍疾洗去垢濁以意求之當是刺昭公微弱不能制沃與不流束薪義同則得之矣

本義曰激揚之水其力弱不能流移白石以興昭公微弱不能制曲沃而桓叔之彊於晉國如白石鑿鑿然見於水中爾其民從而樂之則詩文自見毛鄭之說亦通

也

采苓

論曰毛以采苓為細事與采葛傳同予於采葛論之矣鄭又轉釋細事以為小行詩人之意明白固不使後人須轉釋而後知也首陽山名人所共見而易知者毛以為幽僻鄭以為無徵皆失矣至於人之為言苟亦無信舍旃舍旃苟亦無然以文意考之本是為一事而鄭分為二謂人之為言是稱薦人欲使見進用舍旃舍旃是

謗訕人欲使見貶退者考詩之意不然也蓋其下文再舉人之為言而不復舉舍旃舍旃者知非二事也

本義曰采苓者積少成多如讒言漸積以成惑與采葛義同其曰人之為言苟亦無信舍旃舍旃苟亦無然人之為言胡得焉者戒獻公聞人之言且勿聽信置之且勿以為然更考其言何所得謂徐訾其虛實也義止如是而已

蒹葭

論曰據詩序但言刺襄公未能用周禮爾鄭氏以為秦處周之舊土其人被周德教日久襄公新為諸侯未習周之禮法故國人未服案史記秦本紀周幽王時西戎犬戎與申侯伐周殺幽王秦襄公將兵救周戰有功周避犬戎難東徙洛邑襄公以兵送周平王平王封襄公為諸侯賜之岐以西之地曰戎無道侵奪我岐豐之地秦能攻逐戎即有其地襄公於是始國與諸侯通十二年伐戎至岐而卒子文公立居西垂宮十六年以兵伐

戎戎敗走於是遂收周餘民有之地至岐又據詩小戎序云襄公備其兵甲以討西戎西戎方彊而征伐不休但言征伐而不言敗逐之以史記及小戎序考之蓋自西戎侵奪岐豐周遂東遷雖以岐豐賜秦使自攻取而終襄公之世不能取之但嘗一以兵至岐而卒至文公立十六年始逐戎而取岐豐之地然則當詩人作蒹葭之時秦猶未得周之地鄭氏謂秦處周之舊土大旨既乖其餘失詩本義不論可知

本義曰秦襄公雖未能攻取周地然已命為諸侯受顯服而不能以周禮變其夷狄之俗故詩人刺之以詩蒹葭水草蒼蒼然茂盛必待霜降以成其質然後堅實而可用以比秦雖彊盛必用周禮以變其夷狄之俗然後可列於諸侯所謂伊人者斥襄公也謂彼襄公如水旁之人不知所適欲逆流而上則道遠而不能達欲順流而下則不免困於水中以興襄公雖得進列諸侯而不知所為欲慕中國之禮義既邈不能及退循其舊則不

免為夷狄也白露未晞未已謂未成霜爾

詩本義卷四

欽定四庫全書

詩本義卷五

宋　歐陽修　撰

東門之枌

論曰子仲之子莫知為男也女也而鄭謂之男子穀旦者善旦也猶今言吉日爾鄭謂朝日善明者何其迂邪南方之原毛以為陳大夫原氏而鄭因以此原氏國中之最上處而家有美女附其說者遂引春秋莊公時季

友如陳奐原仲為此原氏且原氏陳之貴族宜在國中而曰南方之原者何哉據詩人所陳當在陳國之南方也而説者又以不績其麻而舞於市者遂為原氏之女皆詩無明文以意增衍而惑學者非一人之失也

本義曰陳俗男女喜淫風而詩人斥其尤者子仲之子常婆娑於國中樹下以相誘説因道其相誘之語當以善旦期於國南之原野而其婦女亦不務績麻而婆娑於市中其下文又述其相約以往而悦慕其容色贈物

以為好之意蓋男女淫奔多在國之郊野所謂南方之原者猶東門之墠也

衡門

論曰毛鄭解衡門之下可以棲遲其義是矣自泌之洋洋以下鄭解為任用賢人則詩無明文大抵毛鄭之失在於穿鑿皆此類也鄭改樂為療謂飲水療饑理豈然哉

本義曰詩人以陳僖公其性不放恣可以勉進於善而

惜其懦無自立之志故作詩以誘進之云衡門雖淺陋若居之不以為陋則亦可以遊息於其下泌水洋洋然若閱之而樂則亦可以忘飢言陳國雖小若有意於立事則亦可以為政以此勉其不能而誘進之也其首章既言雖小亦有可為其二章三章則又言何必大國然後可為譬如食魚者凡魚皆可食若必待魴鯉則不食魚矣譬如娶妻諸姓之女皆可娶若必待齊宋之族則不娶妻矣是首章之意言小國皆可有為而二章三章

言大國不可待而得此所謂誘掖之也

防有鵲巢

論曰詩人刺讒之意予於采葛論之矣鄭以防之有鵲巢卭之有旨苕處勢自然喻宣公信讒致此讒人其説汗漫不切於理若謂處勢自然則何物不然而獨引鵲巢旨苕邪至於中唐有甓則無所觧蓋理有不通不能為説也

本義曰詩人刺陳宣公好信讒言而國之君子皆憂懼

及已謂讒言惑人非一言一日之致必由累積而成如防之有鵲巢漸積累成之爾又如苕饒蔓引牽連將及我也中唐有甓非一甓也亦以積累而成旨鷊綬草雜衆色以成文猶多言交織以成惑義與貝錦同

匪風

論曰毛傳發發飄風偈偈疾驅是矣而云非有道之風非有道之車者非也至於誰能亨魚溉之釜鬵則惟以老子烹小鮮之說解烹魚二字今考詩人之意云誰能

烹魚者是設為發問之辭而其意在下文也毛鄭止解烹魚至於溉之釜鬵則無所說遂失詩人之意

本義曰詩人以檜國政亂憂及禍難而思天子治其國政以安其人民其言曰我顧瞻嚮周之道欲往告以所憂而不得往者非為風之飄發非為車之偈偈而不安我中心自有所傷怛而不寧也其卒章曰誰能烹魚溉之釜鬵者謂有能烹魚者必先滌濯其器器潔則可以烹魚若言誰能治安我人民必先平其國之亂政國亂

平則我民安矣故其下文又問誰將西至於周使其慰我以好音者謂思周人來平其國亂也

候人

論曰候人箋傳往往得之至維鵜不濡其翼則毛鄭各自為說然皆不得詩之本義而鄭猶近之毛云鵜在梁可謂不濡其翼乎詳其語謂在梁則濡翼矣此非詩人意也鄭謂當濡翼而不濡為非常考詩之意謂鵜不宜在梁如小人竊位爾豈但不濡其翼為非常邪不遂其

媾毛鄭訓媾為厚鄭又以遂為久今徧考前世訓詁無厚久之訓訓釋旣乖則失之遠矣鄭又謂天無大雨歲不熟則幼弱者飢此尤迂濶之甚也據詩本無天旱歲饑之事但以南山朝隮之雲不能大雨假設以喻小人不足任大事爾安有幼弱者饑之理況歲凶饑人不止幼弱也鄭箋朝隮其説是矣至幼弱者饑則何其迂哉媾婚媾也馬融謂重婚為媾不知其何據而云也鄭於注易又以媾為會大抵婚媾古人多連言之蓋會聚合

好之義也

本義曰曹共公遠賢而親不肖詩人刺其斥遠君子至有為候人執戈祋以走道路者而近彼小人寵以三命之芾於朝者三百人因取水鳥以比小人鵜鶘澤也俗謂淘河常羣居泥水中饑則没水求魚以食者謂此鵜當居泥水中以自求魚而食今乃邈然高處漁梁之上竊人之魚以食而得不濡其翼味如彼小人竊禄於高位而不稱其服也其曰不遂其媾者婚媾之義貴賤匹

偶各以其類彼在朝之小人不下從羣小居卑賤而越在高位處非其宜而失其類也其卒章則言彼小人者婉孌然佼好可愛至使之任事則材力不彊敏如小人弱女之饑乏者言其但以便辟柔佞媚悅人而不勝任用也

鳲鳩

論曰鳲鳩之詩本以刺曹國在位之人用心不一也如毛鄭以鳲鳩有均一之德而所謂淑人君子又如三章

所陳可以正國人則乃是美其用心均一與序之義特相反也此由以鳲鳩為均一之鳥而謂淑人君子為詩人所刺之人故也其既以鳲鳩有均一之德至於其子在梅在棘在榛則皆無所說者由理既不通故不能為說也又其三章皆美淑人君子獨於中間一章刺其不稱其服詩人之意豈若是乎至為疏義者覺其非是始略言淑人君子刺曹無此人而在梅在棘彊為之說以附之然非毛鄭之本意也序言在位之人非止曹君蓋

刺其臣事國懷私不一心於公室爾

本義曰鳲鳩之鳥所生七子皆有愛之之意而欲各盡其愛也故其哺子也朝從上而下則顧後其下者為不足故暮則從下而上又顧後其上者為不足則復自上而下其勞如此所謂用心不一也及其子長而飛去在他木則其心又隨之故其身則在桑而其心念其子則在梅在棘在榛也此亦用心之不一也故詩人以此刺曹臣之在位者因思古淑人君子其心一者其衣服儀

然可以外正四國内正國人歎其何不長壽萬年而在位以此刺今在位之不然也胡不萬年者已死之辭也

鴟鴞

論曰毛鄭於鴟鴞失其大義者二由是一篇之㫖皆失詩三百五篇皆據序以為義惟鴟鴞一篇見於書之金縢其作詩之本意最可據而易明而康成之箋與金縢之書特異此失其大義一也但據詩義鳥之愛其巢者呼鴟鴞而告之曰寧取我子勿毁我室毛鄭不然反謂

鴟鴞自呼其名此失其大義者二也金縢言周公先攝政中誅管蔡後為詩以貽王毛鄭謂先為冢宰中避而出作詩貽王已作詩後乃攝政而誅管蔡二說不同而知金縢為是毛鄭為非者理有通不通也武王崩成王幼周公攝政管蔡疑其不利於幼君遂有流言周公乃東征而誅之懼成王之怪已誅其二叔乃序其意作鴟鴞詩以貽王此金縢之說也其義簡直而易明毛鄭乃謂武王崩成王即位居喪不言周公以冢宰聽政而二

叔流言且冢宰聽政乃是常禮二叔何疑而流言此其不通者一也金縢言周公居東二年罪人斯得謂東征二年而得三監淮夷叛者誅之爾毛鄭乃謂二叔既流言周公避而居東者二年又謂罪人斯得者成王多得周公官屬而誅之且周公本以成王幼未能行事遂攝政若避而居東則周之國政成王當自行之若已能臨政二年何又待周公歸攝乎此其不通者二也刑賞國之大事也周公國之尊親大臣也使周公有間隙而出

避成王能以周法刑其尊親大臣之屬周公復歸其勢必不得攝且周公所以攝者以成王幼而不能臨政爾若已能臨政二年又能刑其尊親大臣之屬則周公將以何辭奪其政而攝乎此其不通者三也矧周公誅管蔡前世說者多同而成王誅周公官屬六經諸史皆無之可知其臆說也詩謂我子者管蔡也我室者周室也鄭謂子者周公官屬也室者官屬之世家也毛又謂子為成王此又其失也諸儒用爾雅謂鴟鴞為鸋鴂爾

雅非聖人之書不能無失其又謂鷦鷯為巧婦失之愈遠今鴟多攫鳥子而食鴞鴟類也

本義曰周公既誅管蔡懼成王疑已戮其兄弟乃作詩以曉諭成王云有鳥之愛其巢者呼彼鴟鴞而告之曰鴟鴞鴟鴞爾寧取我子無毀我室我之生育是子非無仁恩非不勤勞然未若我作巢之難至於口手羽尾皆病弊積日累功乃得成此室以譬寧害管蔡無使亂我周室者我祖宗積德累仁造此周室以成王業甚艱難

其再言鴟鴞者丁寧而告之也又云予室翹翹懼為風雨所漂揺故予維音嘵嘵者喻王室不安懼有動揺傾覆使我憂懼爾其他訓詁則如毛鄭

破斧

論曰破斧箋傳意同而説異然皆失詩人本意毛謂斧斨民之用禮義國家之用其言雖簡其意謂四國流言破缺國家之禮義所以周公征之且詩人所惡者本以四國流言毀傷周公爾況今考詩序並無禮義之説詩

人引類比物長於譬喻以斧斨比禮義其事不類況民之日用不止斧斨為說汗漫理不切當非詩人之本義也至康成又以斧斨刑傷成王則都無義類矣本義曰斧斨刑戮征伐之用也四國為亂周公征討凡三年至於斧破斨缺然後克之其難如此然周公必往征之者以哀此四國之人陷於逆亂爾斨刃可缺斧無破理蓋詩人欲甚其事者其言多過故孟子曰不以辭害志者謂此類也錡銶義與首章同

伐柯

論曰毛傳謂禮義治國之柄又云治國不以禮則不安至於所願上下等語不惟簡略汗漫而已考之詩序都無此意且詩序言刺朝廷之不知者謂武王崩成王幼周公攝政三監及淮夷叛周公出往討之及罪人既獲猶懼成王君臣疑惑乃作鴟鴞詩示王以明已所以討叛之意而成王未啟金縢不見周公欲代武王之事雖得鴟鴞之詩未敢誚公而心有流言之惑故周公盤桓

居東不歸於此之時周之大夫作伐柯詩以刺朝廷不知周公之忠也康成不然反謂成王既遭雷風之變已啟金縢之後羣臣猶不知周公則與詩書之說異矣且成王已得金縢之書見周公欲代武王之事乃捧書涕泣君臣悔過出郊謝天遂迎公以歸是已知周公矣羣臣復何所惑而疑於王迎之禮哉康成區區止說王迎之事由是失詩之大㫖也

本義曰伐柯如何者發問之辭也詩人刺成王君臣譬

彼伐柯者不知以何物伐之乃問曰如何可伐而荅者曰必以斧伐也以斧伐柯易知之事而猶發問是謂不知也取妻必以媒其義亦然其卒章又云伐柯伐柯其則不遠者謂所伐之柯即手執之柯是也亦謂其易知而不知以譬周公近親而有聖德成王君臣皆不能知也又云我覯之子籩豆有踐者謂欲見之子非難事第列籩豆為相見之禮即可見矣其如王不知公使久居於外而不召何

九罭

論曰九罭之義毛鄭自相違戾以文理考之毛説為是也爾雅云緵罟謂之九罭者謬也當云緵罟謂之罭前儒解罭為囊謂緵罟百囊網也然則網之有囊當有多少之數不宜獨言九囊者是釋緵罟當統言緵罟謂之罭而罭之多少則隨網之大小大網百囊小網九囊於理通也九罭既為小網則毛説得矣鴻飛遵渚遵陸毛皆以為不宜於理近是而言略不盡其義且鴻鴈水鳥

而遵渚乃曰不宜至遵陸又曰不宜則彼鴻鴈者舍水陸皆不可止當何所止邪蓋由不詳詩文鴻飛之語爾鴻鴈喜高飛今不得翔於雲際而飛不越水渚又下飛田陸之間猶周公不得在朝廷而留於東都也此是詩人之意爾至於衮衣毛鄭又為二說毛云所以見周公意謂序成王當被衮衣以見周公鄭謂成王當遣人持上公衮衣以賜周公而迎之其說皆疎且迂矣且周大夫方患成王君臣不知周公尚安能賜衮衣而迎之迎

猶未能東都之人安能使賜衮衣留封於東都也本義曰周大夫以周公出居東都成王君臣不知其心而不召使久處於外譬猶鱒魴大魚反在九罭小罟因斥言周公云我覯之子衮衣繡裳者上公之服也上公宜在朝廷者也其二章三章云鴻鴈遵渚遵陸亦謂周公不得居朝廷而留滯東都譬夫鴻鴈不得飛翔於雲際而下循渚陸也因謂東都之人曰我公所以留此者未得所歸故處此信宿間爾言終當去也其曰公歸不

復者言公但未歸爾歸則不復來也其卒章因道東都之人留公之意云爾是以有衮衣者雖宜在朝廷然無以公歸使我人思公而悲也詩人述東都之人猶能愛公所以深刺朝廷之不知也

狼跋

論曰據序言遠則四國流言近則王不知而周公不失其聖考於金縢自成王啓鑰見書之後悔泣謝天遂迎公以歸是已知公矣而狼跋詩序止言王不知則未啓

金縢以前攝政之初流言方興管蔡未誅而周公居東都時所作之詩也康成乃言致太平復成王之位又為之大師終始無愆皆是已迎公歸後事與序所言乖矣至於公孫碩膚又以孫為遁謂周公攝政七年之後遁避成功之大美而復成王之位因以遂其繆說可謂惑矣毛傳跋胡疐尾是矣而謂公孫為成王是豳公之孫亦已疎矣且詩本美周公而毛以謂成王有大美又不解赤舄之義固知其疎繆矣然鄭皆釋碩膚為美此其

所以失也膚體也碩大也碩膚猶言膚革充盈也孫當讀如遜順之遜

本義曰周公攝政之初四國流言於外成王見疑於内公於此時進退之難譬彼狼者進則疐其胡退則跋其尾而狼能不失其猛公亦不失其正和順其膚體從容進退履舄几几然舉止有儀法也然序本言周公不失其聖謂不損其德爾今詩乃但言和順膚體從容進退者蓋以見周公遭讒疑之際而無惶懼之色身體充盈

心志安定故能履危守正而不失爾其卒章則直言其德不可瑕疵也

詩本義卷五

欽定四庫全書

詩本義卷六

宋 歐陽修 撰

鹿鳴

論曰鹿鳴言文王能燕樂嘉賓以得臣下之歡心爾考詩之意文王有酒食以與羣臣燕飲如鹿得美草相呼而食爾其義止於如此而傳云懇誠發于中者衍說也聖人不窮所不知鳥獸之類安能知其誠不誠考上下

經文初無此意可謂衍說也其曰人之好我示我周行者謂示我於周行恩禮之勤若此爾古字多通用示視義同而鄭改示為寘遂失詩義毛傳德音孔昭既簡略未知其得失鄭引飲酒之禮於旅也語謂此嘉賓語國君以先王德教國君以此賓語示天下之民使其化之皆不偷於禮義者非也且使庶民不薄於禮義者必須君臣漸漬教化使然豈飲酒之際一言可致此其曲說也考詩之意使君子則傚我者謂傚我厚嘉賓也

本義曰文王有酒食能與羣臣共其燕樂三章之義皆然其首章言人之好我示我周行云者言我有賢臣與其同樂既飲食之又奏以笙簧將以幣帛凡人之欲與我相好者示我於周行之臣恩意如此爾其二章云德音孔昭視民不恌君子是則是傚者又言我此嘉賓皆有令德之音遠聞我待之厚禮所以示民遇此嘉賓不薄之意使凡為君子者當則傚我所為常厚禮有德者故其下文又云我有旨酒嘉賓式燕以敖者謂君子當

儆我厚嘉賓也其卒章之義甚明不煩曲解

皇皇者華

論曰皇華序及箋傳皆失之然其大義僅存也據序止言君遣使臣遠而有光華此但解首章一句爾其所以累章丁寧之意甚多不止有光華而已也其云送之以禮樂則詩文無之又衍說也毛鄭之失在乎皆用魯穆叔之說為箋傳故其穿鑿泥滯於義不通也凡詩五章悉用此為解則一篇之義皆失矣毛以懷為和初無義

理鄭改為私用穆叔之説爾其忠信為周訪問為咨意謂大夫出使見忠信之賢人就之訪問今詩文乃曰周爰咨諏是出見忠信之賢人止一周字豈成文理若直以周為周詳周徧之周則其義簡直不解自明也又曰訪問為咨則所問何者非事而獨以咨諏為咨事其下咨謀咨度咨詢非事而何其又以謀事之難易為咨謀而穆叔直謂咨難為謀若書曰汝有大疑謀及卿士庶人則凡問於人皆可曰謀矣書又云爾有嘉謀入告于

君則又不止問於人為諏以事告人亦曰諏矣其又以洛禮義所宜為度而穆叔止云洛禮二説亦自不同且度忖度也施於何事不可奚專於洛禮義哉其又以親戚之謀為詢書曰詢于衆豈皆親戚乎若此之類甚多故可知其穿鑿泥滯於義不通而六德之説可廢也據詩首章直言使臣將命而出有光華爾毛鄭所謂逺近高下不易其色亦衍説也

本義曰周之國君遣其臣出使其首章稱美其賢材能

將君命為國光華于外爾云于原隰者其道路所經也既又勉其於事每思惟恐不及也懷思也其二章以下則戒其調御車馬雖有馳驅之勞不忘國事周詳訪問因以博采廣聞不徒將一事而出也詩人述此見周之興國之初其君臣勤勞於事如此爾諏謀度詢其義不異但變文以叶韻爾詩家若此其類甚多

常棣

論曰毛傳鄂不韡韡但云鄂鄂然光明其言雖簡然於

義未失而鄭改不為柎先儒固已言其非矣且不韡韡者韡韡也古詩之語如此者多何煩改字為柎蓋已言鄂則足見相承之意矣毛謂聞常棣之言為今者蓋嫌作詩之人指當時為今而義不通於後故言後世之誦是詩以相戒者所誦詩之時即為今矣意謂後世之人亦莫如兄弟矣此義雖不解亦可在毛氏已為衍而鄭又從而為說曰始聞常棣之說也如此則人之恩親無如兄弟之厚皆衍說也毛解原隰裒矣兄弟求矣止言

裒聚也求矣言求兄弟於詩雖無所發明然未為害義鄭則不然且詩上云兄弟求矣而鄭謂能立榮顯之名既於詩無文箋何從而得此義又云原隰以相與聚居之故故能定高下之名者亦非也且原也隰也乃土地高下之別名爾土地不動無情之物或高或下不相為謀安有相與聚居之理此尤為曲說也毛謂飲酒之飫為私者燕私之意也鄭乃云圖非常大疑之事豈詩人本意哉惟不如友生之説毛鄭意同而皆失且詩人本

欲親兄弟如毛鄭之說則是作詩者教人急難時親兄弟安平時不如親友生矣

本義曰作詩者見時兄弟失道乃取常棣之木花蕚相承韡韡然可愛者以比兄弟之相親宜如此因又極陳人情以謂人之親莫如兄弟凡人有死喪可畏之事惟兄弟是念雖在原隰廣野衆聚之中必求其兄弟如脊令飛鳴而求其類此既言兄弟之相親者如是又言兄弟雖有內鬩者至逢外侮猶共禦之又言當急難時雖

有朋友但能長歎而無相助者惟兄弟自相求如此及乎喪亂平而安寧則反視兄弟不如友生此乃責之之辭所謂弔其不咸也由是盛陳籩豆飲酒之樂以謂兄弟宜以此相樂則妻子室家皆和樂矣使其深思如此為是乎

伐木

論曰伐木文王之雅也其詩曰以速諸父毛謂天子謂同姓諸侯曰父陳饋八簋又以為天子之簋則此詩文

王之詩也伐木庶人之賤事不宜為文王之詩作序者自覺其非故曰自天子至于庶人未有不須友以成者且文王之詩雖欲汎言凡人須友以成猶當以天子諸侯之事為主因而及於庶人賤事可矣今詩每以伐木為言是以庶人賤事為主豈得為文王之詩鄭氏云昔日未居位在農時與友生為伐木勤苦之事者亦非也且文王未居位未嘗在農也古者四民異業其他諸侯至於卿大夫士未居位時皆不為農亦不必自伐木庶

人當伐木者又無位可居以此知鄭說為繆也詩云伐木丁丁鳥鳴嚶嚶出自幽谷遷于喬木又曰相彼鳥矣猶求友聲矧伊人矣不求友生考詩之意是為鳥在木上聞伐木之聲則驚鳴而飛遷于他木方其驚飛倉卒之際猶不忘其類相呼而去其在人也可不求其友乎其義甚明矣然果如此義則是此詩主以鳥鳴求友為喻爾至其下章則了不及鳥鳴之意但云伐木許許伐木于阪便述朋友之事與首章意殊不類蓋失其本義

矣故闕其所未詳

天保

論曰天保六章其義一也皆下愛其上之辭其文甚顯而易明然毛鄭不能無小失鄭以俾爾多益以莫不興為每物益多及草木暢茂禽獸碩大川之方至為萬物增多皆詩文無之雖國君受天之福則當被於民物然詩既無文則為衍説毛以公為事鄭謂先公是矣若鄭謂羣臣舉事得宜而受福禄亦詩文無之

本義曰天之安定我君甚堅固旣稟以信厚之德則何福不可以除之俾爾多益而衆也旣曰何福不除矣又曰俾爾戩穀又曰無所不宜而受天百祿又曰降爾遐福其所以殷勤重復如此而猶曰維日不足也其下章則又欲其國家興盛如山阜岡陵之高大如川流之寖長而又增之旣則又言非惟天之福我君如此至於四時豐潔酒食祀其先公先君而神亦詒之多福使民及羣黎百姓皆被及之前旣欲其興盛則又欲其永久故

多引常久不虧壞之物以為況曰如日如月之常明如山之常在如松柏之常茂其卒章云無不爾或承者謂上六章之所陳者使我君皆承之也大抵此詩六章文意重復以見愛其上深至如此爾恒常也詩人爾其君者蓋稱天以為言

出車

論曰詩文雖簡易然能曲盡人事而古今人情一也求詩義者以人情求之則不遠矣然學者常至於迂遠遂

失其本義毛鄭謂出車于牧以就馬且一二車邪自可以馬駕而出若衆車邪乃不以馬就車而使人挽車遠就馬于牧此豈近人情哉又言先出車於野然後召將率亦於理豈然其以草蟲比南仲阜螽比近西戎諸侯由是四章五章之義皆失一篇之義不失者幾何

本義曰西伯命南仲為將往伐玁狁其成功而還也詩人歌其事以為勞還率之詩自其始出車至執訊獲醜而歸備述之故其首章言南仲為將始駕戎車出至于

郊則稱天子之命使我來將此衆遂戒其僕夫以趨王事之急難二章陳其車旟以謂軍容之盛雖如此然我心則憂王事我僕則亦勞瘁矣三章遂城朔方而除玁狁其四章五章則言其凱還之樂叙其將士室家相見懽欣之語其將士曰昔我出師時黍稷方華今我來歸則雨雪消釋而泥塗矣我所以久於外如此者以王事之故不得安居我非不思歸蓋畏簡書也其室家則曰自君之出我見阜螽躍而與非類之草蟲合自懼獨居

有所彊迫而不能守禮每以此草蟲為戒故君子未歸時我常憂心忡忡今君子歸矣我心則降我所以獨居憂懼如此者以我君子出從南仲征伐之故也其卒章則述其歸時春日暄妍草木榮茂而禽鳥和鳴於此之時執訊獲醜而歸豈不樂哉由我南仲之功赫赫然顯大而玁狁之患自此遂平也

湛露

論曰據序止言天子燕諸侯而箋以二章為燕同姓三

章燕庶姓卒章為燕二王後者詩既無文皆為衍說由詩有在宗載考之言遂生穿鑿爾鄭又以露之在物使柯葉低垂喻諸侯有似醉之貌天子賜爵則貌變肅敬有似露見日而晞何其臆說也詩但言露匪陽不晞爾初無柯葉低垂之文鄭何從而得此義若詩人欲述諸侯似醉之狀則當以柯葉低垂之意見於文也今但言露非見日不乾則非喻似醉之狀矣天子燕諸侯當以晝而此詩但言夜飲者燕禮有宵則設燭之禮是古雖

以禮飲酒有至夜者所以申燕私之恩盡慇懃之意蓋晝燕常禮不足道而舉其燕私慇懃之意以見天子恩禮諸侯之厚此詩人所以為美也

本義曰天之潤澤於物者若雨若雪若水泉之浸其類非一而獨以露為言者露以夜降者也因其夜飲故近取以為比云湛湛之露潤霑於物非至曙則不乾厭厭之飲恩被於諸侯非至醉則不止其義如此而已其言在彼豐草杞棘者以露之被草木如王恩被諸侯爾又

云令德令儀者言比與燕之臣皆有令德令儀爾其桐其椅木之美者其實離離然亦喻諸侯在燕有威儀爾詩人比事多於卒章別引他物若下泉之詩芃芃黍苗之類是也在宗載考毛傳是矣

鴻雁

論曰詩所刺美或取物以為喻則必先道其物次言所刺美之事者多矣如關關雎鳩在河之洲窈窕淑女君子好逑又如維鵜在梁不濡其翼彼其之子不稱其服

者是也詩非一人之作體各不同雖不盡如此然如此
者多也鴻鴈詩云鴻鴈于飛肅肅其羽之子于征劬勞
于野以文義考之當是以鴻鴈比之子而康成不然乃
謂鴻鴈知辟陰就陽喻民知就有道之子自是矦伯卿
士之述職者上下文不相須豈成文理鄭於三章所解
皆然則一篇之義皆失也
本義曰厲王之時萬民離散不安其居而宣王之興遣
其臣四出于野勞來還定安集之至于矜寡使皆得其

所其所遣使臣奔走于外如鴻鴈之飛其羽聲肅然而勞其體也其二章言使臣暫止為民營築居室其暫止于野也如鴻鴈集于澤爾其卒章云哀鳴嗸嗸者以比使臣自訴也其自訴云哲人知我者謂我以君命安集流民而不憚劬勞爾愚人不知我者謂我好興役動衆為驕奢也或謂據序言美宣王而此詩之説但述使臣疑非本義且使離散之民還定安集者由宣王能遣人以恩意勞來之也天子之尊必不自往作序者不言遣

使以不待言而可知也復何疑哉

沔水

論曰序言沔水規宣王也則是規正宣王之過失爾今考詩文及箋傳乃是刺諸侯驕恣不朝及妄相侵伐等事了不及宣王也蓋箋傳未得詩人之本義爾

本義曰宣王中興於厲王之後諸侯未洽王之恩德故詩人規戒宣王以恩德親諸侯云沔彼流水朝宗于海者言諸侯朝王如水朝海以此規王當容納諸侯如海

納衆水也鴥彼飛隼載飛載止者言諸侯之來者如隼之或飛或止其或來或不來不可常又規王宜常以恩德懷來之也嗟我兄弟邦人諸友莫肯念亂誰無父母者言此同姓異姓之諸侯雖不念王室之亂然誰非父母所生謂人人皆知親親之恩又規王若以恩德懷之則皆親附矣念亂者厲王之亂也念彼不蹟載起載行心之憂矣不可弭忘者謂諸侯不循法度者王念之載起載行而不安居不可弭忘者又規王以不忘懷來之

也鴥彼飛隼率彼中陵者言諸侯有能循法度者無使讒人害之故曰我若親友而敬禮之則讒言其能興乎

黄鳥

論曰序言黄鳥刺宣王而不言所刺之事毛鄭以為室家相去之詩考文求義近是矣其曰宣王之末天下室家離散者則非也宣王承厲王之亂內修政事外攘夷狄征伐所向有功故能恢復境土安集人民內用賢臣外撫諸侯其功德之大蓋中興之盛王然其詩有箴有

規有誨有刺者蓋雖聖人不能無過也書稱成湯改過不吝者蓋不言無過言有過而能改爾宣王之詩凡二十篇其興衰撥亂南征北伐則六月采芑江漢常武是也恢復文武之業萬民安集國富人衆廢職皆修則車攻鴻鴈斯干無羊是也慎微接下任賢使能則吉日烝民是也親禮諸侯賞功褒德則崧高韓奕是也夙興勤政則庭燎是也遇災而懼側身修行則雲漢是也其為功德盛矣其所稱美者衆矣然庭燎曰箴沔水曰規鶴

鳴曰誨祈父白駒黄鳥我行其野四篇皆曰刺者所謂雖聖人不能無過也其所任賢臣如方叔召虎尹吉甫仲山甫之徒多矣其用人之失者一祈父爾其有遺賢乘白駒而去者亦一人爾荒歳多淫昏而不歳歳皆然葢有大功者不能無小失也如黄鳥所刺云此邦之人不可與處則他邦可處矣是所刺者一邦之事爾非舉天下皆然也孔子刪詩並録其功過者所以為勸戒也俾後世知大功盛德之君雖小過不免刺譏爾而毛鄭

於白駒注云宣王之末不能用賢於黄鳥又云宣王之末天下室家離散如此則宣王者有始無卒終為昏亂之主矣異乎聖人録詩之意也

詩本義卷六

欽定四庫全書

詩本義卷七

宋　歐陽修　撰

斯干

論曰毛於斯干詁訓而已然與他詩多不同鄭箋不詳詩之首卒隨文為解至有一章之内每句别為一説是以文意散離前後錯亂而失詩之指歸矣又復差其章句章句之學儒者小之然若乖其本旨害於大義則不

可以不正也鄭謂秩秩斯干者喻宣王之德流出無極已也幽幽南山者喻國富饒民取足如取於山如竹苞矣者喻時人民之殷衆如松茂矣者喻民佼好又以兄及弟矣已下三句謂時人骨肉相愛好無相詬病斷此為一章且詩之比興必須上下成文以相發明乃可推據今若獨用一句而不以上下文理推之何以見詩人之意且如鄭説則一章都無考室之義且宣王方戒其臣民兄弟無相詬病下章承之遽言我似續姜嫄先祖

初無義理且詩止云似續妣祖鄭便謂是成廟不知何以知之其次句則已别言築寢矣又隔二章後謂如跂斯翼一章為成廟其下一章又復言寢都無倫次此所謂文意散離前後錯亂者也且約之閣閣一章與如跂一章皆是述造屋之事而鄭輒别如跂一章為廟者止用君子攸躋一句謂升而祭祀爾至如七月云躋彼公堂又可為祭祀乎以此知其繆也自下莞上簟而下四章直述占夢生子等事毛鄭訓釋皆是矣然不言其指

歸則何闕考室之義也毛訓秩秩於此為流行於假樂則為有常鄭於他詩又别訓為清莫知孰是今以斯干義考之有常近是矣毛訓猶為道鄭於他詩皆訓為圖為謀又或為尚惟為圖謀近是謀者事疑未決心有所慮而言也蓋言兄弟相親好無相疑慮而謀爾鄭又改猶為瘉改芋為憮改字先儒已知其非矣毛訓芋為大於義是也毛鄭於他詩皆訓棘為急而毛於此詩為稜廉意頗近而簡難曉鄭訓為戟謂如挾弓矢戟其肘迂

矣義當爲急矢行緩則枉急則直謂廉隅繩直如矢行也鄭又謂如鳥斯革云夏暑希革張其翼者迂之甚也革變也謂如鳥驚變而竦顧也且毛鄭所以不得詩之本義者由不以詩爲考室之辭也古人成室而落之必有稱頌禱祝之言如歌於斯哭於斯聚國族於斯謂之善頌善禱者是矣若知斯干爲考室之辭則一篇之義簡易而通明矣且序但言考室而詩本無廟事鄭云宫廟亦衍説也

本義曰宣王既成宮寢詩人作爲考室之辭其首章曰秩秩斯干幽幽南山如竹苞矣如松茂矣云者澗也山也有常處而不遷壞者也竹也松也生於其間四時常茂盛不彫落草木之壽者也詩人以成室不遷壞如山澗而人居此室常安榮而壽考如松竹之在山澗也此所謂頌禱之辭也其二章曰兄及弟矣式相好矣無相猶矣似續妣祖築室百堵西南其户爰居爰處爰笑爰語云者謂宣王與宗族兄弟相親好無疑間以共承祖

先之世不隕墜得保有此宮寢以與族親居處笑語於其中亦聚國族於斯之類也笑語非一人之所獨為必有共之者謂上所言兄及弟也其三章乃言工人約之椓之施功力以成此室以蔽風雨而去鳥鼠然由君子增大而新之也其四章又言宮寢之制度其嚴正如人跂而翼翼敬也其四隅如矢行而直也其棟起如鳥驚而革也其軒翔如翬之飛也謂此室之美如此宜君子升而居之也其五章又言其庭平直其楹植立晝夜寬

明宜君子居之而安寧也其六章已下至於卒章盛陳占夢生子之事者謂安此寢而生男女男則世為王女則宜人之家室而不貽父母之憂亦禱頌之詞也

無羊

論曰無羊之義簡而易明然毛不解以雌以雄使學者何所從鄭以爾為斥宣王又謂衆維魚矣實維豐年為人衆相與捕魚是歲熟庶人相供養之祥室家溱溱為人之子孫衆多既不闕考牧事因謂占夢之官獻夢於

王皆失之矣且一篇之中所爾者皆是牧人豈特於無羊無牛為爾宣王鄭亦何從而知此爾宣王而彼爾牧人邪以雌以雄鄭謂牧人搏禽獸迂矣據詩衆維魚矣但言魚多爾何有捕魚之文及人之子孫衆多皆不闗牧事詩人本為考牧不應汎言獻夢而為鄭學者遂附益之以為庶人無故不殺雞豚惟捕魚以為養此為繆說不待論而可知鴟鴞曰予未有室家則鳥獸以所居為室家矣牛羊牢闌亦其室家也

本義曰宣王既修厲王之廢百職皆舉而牧人所掌牛羊蕃息詩人因美其事呼牧人而告之曰誰謂爾無牛羊乎其數若此之多也其曰以薪以蒸以雌以雄者謂牛羊在野牧人有餘力於薪蒸而牛羊以時合其牝牡所以云此者見人畜各遂其樂也魚之為物生子最多故夢魚者占為豐年歲無水旱則野草茂而畜牧肥此牧人之樂也室家溱溱謂牛羊蕃息衆多也

節南山

論曰作詩序者見其卒章有家父作誦之言遂以為此詩家父所作此其失也考詩之言極陳幽王任大師致王政敗亂號天仰訴斥責其君臣無所隱避卒乃自言作此詩以窮極王之致亂之本欲使王心化其言以遷善然則家父者果何人哉至於君臣之際無所忌憚直指其惡而自尊其言雖施於賢王猶恐不可况於幽王昏亂之主使家父有知其言不如是也詩言民畏其上不敢戲談豈有作詩之人極斥其君臣過惡極陳其亂

亡之狀而自道其名字又顯言我究窮王之致亂之由與不敢戲談之義頓乖此不近人情之甚者又自稱其字曰家父案春秋桓十五年天王使家父來求車距幽王卒之年至桓王卒之年七十五歲矣然則幽王之時所謂家父者不知為何人也說者遂謂幽王之時有兩家父又曰父子皆字家父此尤為曲說也或云乃求車之家父爾至平王時始作詩也此亦不通要在失於以家父作此詩遂至衆說之乖繆也且追思前王之美以

刺今詩多矣若追刺前王之惡則未之有也蓋刺者欲其改過非欲暴君惡於後世也若追刺前王則改過無及而追暴其惡此古人所不為也故言平王時作詩刺幽王者亦不通也案詩三百五篇惟寺人孟子自著其名而崧高烝民所謂吉甫作誦者皆非吉甫自作之詩夫所謂誦者豈得以為詩乎訓詁未嘗以誦為詩也詩云誦言如醉蓋誦前言而已然則作節南山詩者不知何人也家父為作詩者所述爾今序既失之非毛鄭之

過也毛鄭於此詩大義得之而不免小失所謂憯莫懲嗟如鄭注以憯莫懲為一句嗟字獨為一句於義豈安不弔昊天毛訓弔為至鄭又轉解至為善皆失之不自為政鄭意謂民怪天不自出政教既而自覺其非又言天不出圖書有所授命不惟怪妄且詩意本無至於駕彼四牡四牡項領我瞻四方蹙蹙靡所騁本是一章而鄭注分為兩義蓋不得詩人之本意也

本義曰大師尹氏為下民所瞻而為治不平致王政亂

民被其害大義毛鄭皆得之其十章之所失者五一曰憯莫懲嗟者謂民無善言而莫有懲乂嗟閔者爾二曰不弔昊天者言昊天不弔哀此下民而使王政害民如此也三曰不自為政者責幽王不自為政而使此尹氏在位致百姓於憂勞也四曰駕彼四牡四牡項領我瞻四方蹙蹙靡所騁云者作詩者言我駕此大領之四牡四顧天下王室昏亂諸侯交爭而四方皆無可往之所五曰家父作誦云者作節南山詩者既已具陳幽王任

用大師之失致民被其害矣其卒章則曰有家父者常有誦言以究王之失庶幾王心化善而能畜萬邦也詩之本意如此爾

正月

論曰正月之詩十三章九十四句其辭固已多矣然皆有次序而毛鄭之說繁衍迂濶而俾文義散斷前後錯雜令推著詩之本義則二家之失不論可知惟其為大害者如毛鄭解瞻烏之意則正月者乃大夫教其民叛

上之詩也毛謂父母爲文武鄭謂彼有旨酒爲尹氏大師皆詩無明文二家妄意而言爾鄭又謂車載二章以商事喻治國者亦非也蓋以覆車喻覆國爾不必商人之車也詩曰不自我先不自我後謂適丁其時爾鄭謂苟欲免身而後學者因益之曰寧貽患於父祖子孫以苟自免者豈詩人之意哉烏巢烏也當止於林木屋非烏所止也止屋則近禍以譬君子仕亂邦非所宜處而將及禍也毛鄭之意不然謂烏擇富人之屋而集譬民

當擇明君而歸之是為大夫者無忠國之心不救王惡而致民叛也幽厲之詩極陳怨刺之言以揚君之惡孔子録之者非取其暴揚主過也以其君心難格非規誨可入而其臣下猶有愛上之忠極盡下情之所苦而指切其惡尚兾其警懼而改悔也至其不改悔而敗亡則録以為後王之戒如毛鄭瞻烏之説異乎孔子録詩之意矣

本義曰其一章云正月繁霜我心憂傷民之訛言亦孔

之將云者降霜非時天災可憂而民之訛言以害於國又甚於繁霜之害物也又曰念我獨兮憂心京京哀我小心癙憂以痒云者大夫言已獨為王憂爾以見幽王之朝多小人而君臣不知憂懼也其二章云父母生我胡俾我瘉不自我先不自我後云者言父母生育我猶不欲使我有疾病而乃遭罹憂患如此蓋適丁其時爾其曰不自我先後者直歎已適遭之爾又曰好言自口莠言自口憂心愈愈是以有侮云者刺王但見人言從

口出而不分善惡而我爲之憂是以見侮慢也其三章曰憂心惸惸念我無禄民之無辜并其臣僕哀我人斯于何從禄瞻烏爰止于誰之屋云者大夫懼禍思去其位也念我無禄者念思也思毋食其禄也所以然者見時人民無辜并其臣僕濫及於刑罰所以懼而思去也既自爲謀而又哀他人之居禄位者如烏止於人屋處非所安而將及禍也其四章曰瞻彼中林侯薪侯蒸民今方殆視天夢夢既克有定靡人弗勝有皇上帝伊誰

云憎云者道民怨訴於天之辭也云人之乏薪蒸者瞻彼中林則往得所欲今民方危殆而仰瞻天則夢夢然而無所告若天能有定意則何人不可禍罰之然此訛言亂國之民不見禍罰而使危殆之民反被其害彼皇皇上帝果憎誰乎此怨訴之言也其五章曰謂山蓋卑為岡為陵民之訛言寧莫之懲云者言人勿謂山為卑不能阻險以致傾覆此山至卑止為岡陵亦能使人傾覆言不可忽也然則訛言之人其可忽為無害而莫之

懲乎又曰召彼故老訊之占夢具曰予聖誰知烏之雌雄者意謂烏之雌雄尚不能知其能知我夢之吉凶乎此驕昏之主侮慢老成之辭也凡禽鳥之雌雄多以其首尾毛色不同而別之烏之首尾毛色雌雄不異人所難別故引以為言其六章曰謂天蓋高不敢不局謂地蓋厚不敢不蹐維號斯言有倫有脊哀今之人胡為虺蜴云者大夫既戒王無忽訛言而不懲因又戒其小人曰汝無恃王不懲汝譬猶謂天高去人雖遠謂地厚託

足雖安然不可不局蹐而畏懼者天有時而降禍殃地有時而致淪陷言天地猶如此宜常畏懼王之恩私難恃也我之斯言甚有倫理而哀爾訛言之人聞我正言則走避如虺蜴見人輒走然大夫所哀之人蓋指訛言之小人也其七章曰瞻彼阪田有菀其特天之扤我如不我克彼求我則如不我得執我仇仇亦不我力云者大夫自傷獨立於昏朝之辭也五章既陳戒王之意六章又戒小人而不見聽因自傷獨立而無助云瞻彼阪

田之苗有特立者乃菀然而茂盛今我獨立於昏朝而勢傾危天之扤我惟恐不傾折也又云彼有欲求我相則傚者又不與我相遭其與我同列而耦居者又不出力助我也云天之扤我者君子居危推其命於天也古言謂耦為仇其複言仇仇者猶昔言兩兩今言雙雙也大夫既傷獨力而知其無如之何故於下章遂及亡國之憂然猶欲救之也其八章曰心之憂矣如或結之今茲之正胡為厲矣燎之方揚寧或滅之赫赫宗周褒姒

烕之云者言我心之憂如結而國之政何其惡也正政古用字多通而毛訓為長非也又言火燎于原其勢盛若不可嚮而猶或有撲滅之者周雖赫然而必為褒姒所滅也作詩時周實未滅而云滅之者鄭箋是矣詩上七章皆述王信讒言亂政至此始言滅周王於褒姒者謂王溺女色而致昏惑推其禍亂之本以歸罪也其九章曰終其永懷又窘陰雨云者謂欲以車棄其輔而覆其載喻王將傾覆其國故先言陰雨者謂車遭雨水泥

濘而又棄其輔則必覆爾既覆而求助則不及矣其十章又戒其無棄爾輔而益其輻又顧其僕使不覆所載者謂駕車者常如此猶恐覆敗而今乃履絶險而不以為意則宜其覆矣此又喻王不知戒慎以覆國也所謂猶欲救之之辭也其十一章曰魚在于沼亦匪克樂潛雖伏矣亦孔之炤憂心慘慘念國之為虐云者大夫既憂國之將亡又自傷將及於禍之辭也水魚所樂也而池沼近人常易得禍故曰匪樂雖潛藏隱伏而以近人

終被獲也以比身仕亂邦無所逃禍也其曰念國為虐者意謂國君為虐政而我仕於亂邦也其十二章曰彼有旨酒又有嘉殽洽比其鄰昏姻孔云念我獨兮憂心慇慇云者大夫既自傷將及禍而又哀彼衆人不知危亡可憂而猶有以酒殽與其鄰里親戚為樂者而我獨憂也其十三章曰佌佌彼有屋蔌蔌方有穀民今之無祿天夭是椓哿矣富人哀此惸獨云者言彼佌佌之小人蔌蔌之貧陋者初猶有屋穀以生而今民無祿食天

又夭害之國君既不能卹矣彼富人之有餘者尚可哀此惸獨而卹之也大夫憂國者陳禍亂述危亡戒其君及其民備矣知其無可奈何矣反告富人以哀惸獨此窘窮苟且之急辭也故以為卒章

十月　雨無正　小旻　小宛

論曰君子之所以貴於衆人者衆人之惑君子辨之而世取信焉是不可以不慎也故至於有所疑則雖聖人猶或闕焉者慎之至也吾於十月之交小旻小宛正其

失而從其是者於浩浩昊天置之而不敢辨者闕其所疑也此四詩者毛氏皆以為刺幽王鄭氏皆以為刺厲王而後世惑焉鄭謂十月為刺厲王者以番維司徒豔妻煽方處及七子以后寵亂政知之也其言幽王時鄭桓公友為周司徒而非番也案幽王在位十一年至其八年始以友為司徒其前七年安知無番為司徒也就使番不為幽王司徒安知其為厲王司徒也毛以豔妻為褒姒而鄭謂褒姒非王后不得稱妻遂以豔妻自是

厲王之后就使襃姒不稱妻亦安知豔妻為厲王后也案史記載厲王之事惟云好專利任用榮夷公又使衛巫監謗得謗者而殺之拒芮良夫召公等諫又云暴虐侈傲而已若使豔妻用事以致流亡則不得略而不載也厲王出奔于彘十四年本紀惟言太子靜留匿召公家而不言王后所在及其姓氏始末前世諸書皆無之使厲王由豔妻以致亂亡不應前世都沒而不見既無所見鄭氏何從而知之據詩列皇父卿士至於豔妻此

八人者皆是用事亂政之人爾而鄭氏乃以七子者皆是后之親黨且詩無后黨之文而豔妻姓氏本末尚皆不可知而七子者安知皆為后黨是三者皆臆說之繆妄者也厲幽皆昏亂之主也其及於禍也亦然小宛之詩據文求義施於厲幽皆可雖鄭氏亦不能為說以見非刺厲也而為鄭學者彊附益之乃云四詩之序皆言大夫刺既以十月為刺厲王則小旻小宛從可知然則正月不云大夫刺乎安得獨為刺幽王也又云小旻小

宛其卒章皆有怖畏恐懼之言似是一人之作夫以似
是而爲必然之論此不待攻而可破也或問十月之交
從毛爲刺幽可矣旻宛施於厲幽皆可而子亦從毛爲
刺幽而不疑者何也曰邑中失火邑人走而相告曰火
起某坊郊野道路之人望而相語曰火在某坊則誰從
乎若以邑人之言爲非而郊野道路之言爲是者非人
情也毛氏當漢初興去詩猶近後二百年而鄭氏出使
其說有可據而推理爲得從之可矣若其說無據而推

理不然又以似是之疑為必然之論則吾不得不舍鄭而從毛也或者又曰然則雨無正亦可以從毛矣何疑而闕焉曰使毛於詩序但云浩浩昊天刺幽王則吾從之矣其曰雨無正則吾不得不疑而闕古之人於詩多不命題而篇名往往無義例其或有命名者則必述詩之意如巷伯常武之類是也今雨無正之名據序曰雨自上下者也言衆多如雨而非正也此述篇中所刺厲王下敎令繁多如雨而非正爾今考詩七章都無此義

與序絶異其第一章言天降饑饉於四國及無罪之人淪陷非辜爾自二章而下皆言王流于彘已後之事且王既出奔宣王未立周召二公攝政十四年而王卒崩于外是厲王不復為政久矣安有教令所下如雨之多者乎況詩六章如毛鄭箋傳悉是刺周之大夫諸侯不肯從王出居而無人夙夜朝夕事王于外及在位之人不能聽言而不畏天命等事爾殊無一言及於教令自上而下之意然則雨無正不為昊天之序決可知也獨

不知何爲而列於此是以闕其所疑焉十月小旻鄭氏差其時世及七子豔妻之失吾既已詳之矣其餘箋傳之説皆得詩人之意惟小宛箋傳之失不可以不論正其本義論曰幽王亡國之君其罪惡非一而作詩以刺王者亦非一人故各陳其事而刺之不必篇篇徧舉其惡也小宛所刺據文求義是大夫刺王不能勉彊以繼先王之業而驕昏醉酒使下民多陷罪罟而君子憂懼不安其大旨勸王勉彊之詩也而毛解鳴鳩戾天謂行

小人之道不可責高明之功正與詩人之意相反又謂先人為文武亦疎矣而後之學者旣以先人為文武而有懷二人又為文武不應重復其言而無他義也鄭以螟蛉之子比萬民亦疎矣至以日邁月征為視朝視朔及謂岸獄中人持粟出卜皆繆論也卜者決疑之謂也有疑而問謂之卜毛以交交為小貌亦初無義理交交者參雜相亂之謂也鄭於甫田之什桑扈詩以交交為飛往來貌是也

本義曰大夫刺幽王敗政不能繼先王之業其曰宛彼鳴鳩翰飛戾天云者謂此鳩雖小鳥亦有高飛及天之志而王不自勉彊奮起曾飛鳩之不如以墜其先王之業故曰念昔先人謂思宣王也其曰有懷二人者以下章所陳二人刺王云人誰不飲酒一人則齋肅通明雖飲而温克一人則昬然無知但以沈醉茍一日之樂謂王也因戒之使無耽此樂宜敬天命之無常也旣以此語警之則又勸勉之云中原有菽庶民皆可采往者無

不得也世世有善道凡人皆可為為則得之矣王何獨不為也又言人性雖惡可變而為善譬如螟蛉之子教誨之則可使變其形而為蜾蠃子也既勸勉之則又告其速自改悔云譬如脊令且飛且鳴自勤其身不少休息今日月之行甚速不可失時王亦宜夙夜汲汲勉勵庶無忝辱於先王云所生者亦謂宣王也其下二章則言小人君子所苦以見舉國之人今皆失所也謂彼桑扈食肉之鳥今無肉以食則相與羣飛雜亂循場而爭粟

有如國人失其常業而至於窮寡乃相與為爭訟而入於岸獄云宜者謂其勢不得不然也王又愚暗不曉民事至乃握粟問人云此粟自何而能得成穀謂其不知稼穡之艱難猶今世謂愚人云菽麥不分是也王既驕昏如此則其君子立於廟者如集于木危懼而不安又如臨谷履氷常憂須陷也

詩本義卷七

欽定四庫全書

詩本義卷八

宋 歐陽修 撰

巧言

論曰據巧言序是大夫刺幽王信讒之詩而鄭於首章解為刺王傲慢無法度二章以下所斥君子又皆以為在位之臣則與序文異矣毛訓憮為大鄭訓為傲據詩言亂如此大則義可通若云亂如此傲豈成文理曰父

母且且當為語助鄭音苟且之且言王即位且為民父母其後乃刑殺無罪非惟學者附益以增鄭過就令只依鄭說曰父母且苟且之且亦豈成文理鄭又以寢廟大猷他人有心與毚兔共為一章言四事各有所能乃以田犬之能擬聖人之能不惟四事不類又殊無指歸蓋由誤分章句失詩本義故其說不通也委委蛇蛇古人常語乃舒遲安閒之貌毛訓為淺意不知其何所據也

本義曰幽王信惑讒言以敗政大夫傷已遭此亂世而

被讒毀乃呼天而訴曰悠悠昊天為我父母我無罪辜而使我遭此大亂之世我畏天之威已太甚矣實謹慎不敢有罪辜也此首章之義大夫先自訴也其二章三章遂述幽王信讒致亂之事其四章曰奕奕寢廟君子作之秩秩大猷聖人莫之他人有心予忖度之云者寢也廟也衆工之所成也然規為制度本於君子是君子者皆知衆工之事也先王之大道聖人之所謨也意謂聰明之人下通小人之賤事上達聖人之大道無所不

知而至於忖度常人之心則不待聰明者雖予亦能之
蓋歎幽王獨不能而為讒邪所惑也予作詩之人自謂
也其五章躍躍毚兔遇犬獲之云者以狡兔比狡惡之
人王所當誅也荏染柔木君子樹之云者以柔木比柔
善之人王宜愛護使得樹立勿縱讒邪傷害之也往來
行言心焉數之云者謂往來行路之言焉足聽納於心
也其六章曰蛇蛇碩言出自口矣巧言如簧顔之厚矣
云者謂讒人能言然徐緩敢為大言出口而無忌憚又

善悦人聽其美如笙簧而顔不慙愧使人易惑而難辨也其二章三章及卒章箋傳粗得其義學者可推而通不煩論著惟君子當為斥幽王爾

何人斯

論曰古詩之體意深則言緩理勝則文簡然求其義者務推其意理及其得也必因其言據其文以為説舍此則為臆説矣鄭於何人斯為蘇公之刺暴公也不欲直刺之但刺其同行之侶又不欲斥其同侶之姓名故曰

何人斯然則首章言維暴之云者是直斥暴公指名而刺之何假迂回以刺其同侶而又不斥其姓名乎其五章六章義尤重複鄭說不得其義誠為難見也今以下章之意求之則不遠矣但鄭以何人為同侶則終篇之語無及暴公者此所以不通也古今世俗不同故其語言亦異所謂魚梁者古人於營生之具尤所顧惜者常不欲他人輒至其所於詩屢見之以前後之意推之可知也詩曰毋逝我梁者谷風小弁皆有之谷風夫婦乖

離之詩也其棄妻之被逐者為此言矣小弁父子乖離之詩也於太子宜臼之被廢又為此言矣胡逝我梁者何人斯有之此朋友乖離之詩也於蘇公之被譖其語又然然則詩人之語豈妄發耶蘇暴二公事迹前史不見今直以詩言文義首卒參考以求古人之意於人情不遠則得之矣谷風小弁之道乖則夫婦父子恩義絶而家國喪何獨於一魚梁而每以為言者假設之辭也詩人取當時世俗所甚顧惜之物戒人無幸我廢逐而

利我所有也蘇公之意亦然由是而求之何人斯之義見矣

本義曰彼何人斯者斥暴公也其心孔艱者心傾險而不平易也胡逝我梁者欲利我所有也不入我門者與我絶也伊誰云從維暴之云者謂聽譖者伊誰乎乃惟暴公之言是從其二章曰二人從行誰為此禍胡逝我梁不入唁我始者不如今云不我可者意謂偕有二人相從則我不知果誰為譖我者今爾何利我梁而不入

弔我之被譖又今待我不如初則爾為譖我者可知而不疑其三章云胡逝我陳我聞其聲不見其身陳堂塗也蓋言其又進而陰窺其家私矣而蘇公者自省内無所愧畏不懼其來窺爾其四章云不自北自南者歎已適遭之也飄風取其無形而中人有似譖言爾其下章則述與暴公俱仕王朝相從出入親好之意云爾所安行我亦不遑舍而從爾爾所亟行爾車既脂吾已從爾也言或緩或急有一於此惟爾之從云何敢告病又云

爾還而入我室則我心安還而不入我室則我莫知何故而致爾不入也其或入或不入有一於此常使我心病之也言我待爾之勤惟恐相失也其下章又言我與爾相親愛而相應和如兄弟之吹壎篪相聯比如貫索而爾不我知舍此三物不足以喻我心則惟當與爾詛其不信爾三物謂壎也篪也貫也其卒章則極道其事云汝隱匿形迹能使我不見不覺如鬼蜮之肆害於人乎我則不得而知汝今汝乃人爾日以面目與我相視

無窮極不可隱藏我安得不知汝之譖我乎故我作此與汝相好之歌以究極爾反側之心

蓼莪

論曰蓼莪之義不多毛傳特簡鄭氏之失惟以視莪為蒿以文害辭此孟子之所患也又以缾罍比貧富之民非詩人之本意以下文推之可見飄風非取其寒亦非詩意也其以終養為病亡之時滯泥之甚矣

本義曰周人苦於勞役不得養其父母者見彼蓼蓼然

長大者非義即蒿皆草木之微者其茂盛如此者由天地生育之功也思我之生也父母養育我者亦劬勞矣而我不得終養以報也缾罍物之同類也此述勞苦之民自相哀之辭也其曰鮮民之生者言不遂其生不如死也南山烈烈望之可畏也飄風發發暴急而中人也言王威虐可畏而暴政害人我獨罹之也

大東

論曰鄭氏以有饛簋飧為客始至主人所致之禮又以

公子發幣於周之列位而責周人無反幣自天漢有光以下至卒章喻王置官司而無督察之實皆非詩人之本義也據序本為譚人遭幽王之時困於役重而財竭大夫作詩以告病爾亦何暇及於主人為客致飧使還反幣等事且謂王置官司而無督察之實了不關役重財竭之意若但言督察官司施於何詩不可又若必刺官司失職則日月星辰名職至多宜舉其大而要者義與王官相近方可以為善譬今詩所舉止於掩兎簸揚

挹酒漿之類又其下無文莫見王官之義蓋鄭氏不得詩人本義故其為說汗漫而無指歸其以天漢有光屬鞙鞙佩璲為一章分雖則七襄以下為别章使詩不分章則已若果分章則當有義類今毛鄭所分章次以義類求之當離者合之當合者離之使章句錯亂然不繫詩義之得失學者自求之可見矣

本義曰大東之首章曰有饛簋飧有捄棘匕者足於豐饒之辭也譚人得以自足者由周道平直而賦役均也

周之君子履行此道使下民視而有所賴也大夫反顧昔時譚人蓋甞如此所以潸然出涕者傷今不然也其二章遂言今則王政偏而賦役重無小無大皆取於東使譚人杼軸皆空至於窮乏以葛屨而履霜其公子佻佻然奔走於周行其祇役往來頻數使其力疲而心病也其三章者告病之辭也謂彼刈薪者為水浸而腐壞尚可載刈若斯人者勞苦而困弊則將死矣故云可以休息之也其四章則言東人困苦如此王官無以其職

來撫勞之者而周人方事侈富潔其衣服以相誇至於操舟之賤亦衣熊羆之裘而私家之人皆備百官而祿食其五章則刺王多取於下而濫用也言當飲漿者今飲酒矣佩玉之人皆不材而冗食矣其橫費如此所以致周之重斂也其六章以下皆述譚人仰訴於天之辭也其意言我民困矣天之雲漢有光亦能下監我民乎其不言日月之明而言雲漢之光者謂天不能下監也又言天雖有織女不能為我織而成章雖有牽牛不能

為我駕車而輸物其七章又言雖有啟明長庚不能助日為晝俾我營作雖有天畢不能為我掩捕鳥獸其八章又言雖有箕不能為我簸揚糠粃雖有斗不能為我挹酌酒漿其意言我譚人困於供億其取資於地者皆已竭矣欲取於天又不可得也其卒章則又言箕斗非徒不可用而已箕張其舌反若有所噬斗西其柄反若有所挹取於東也是皆怨訴之辭也其餘訓解則毛鄭多得學者當自擇之

四月

論曰毛鄭於四月之義小小得失皆不足論惟以先祖匪人為作詩之大夫序其先祖此失之大者也且大夫作詩本刺幽王任用小人而在位貪殘爾何事自罪其先祖推於人情決無此理凡為人之先祖者積善流慶於子孫而已安知後世所遭者亂君歟治君歟今此大夫不幸而遭亂世反深責其先祖以人情不及之事詩人之意決不如此就使如此不可垂訓聖人刪詩必棄

而不録也鄭之所失於此尤多詩曰滔滔江漢南國之紀直謂江漢統率南國之衆川以朝宗于海爾而鄭氏以為比吴楚之君且詩人本患下國之構禍豈可反稱吴楚僭叛之君以為美於理豈然矧考詩文無之此亦其失之大者予當為予奪之予鄭以予為我是以其説莫通也書曰官不必備惟其人謂惟其才也詩所謂匪人者言非才也古之仕者世禄故詩人刺在位貪殘之臣自其先祖以來任非其才爾凡言任才非其人者譬

有能治水之人使之為治木之官是任非其人也而鄭氏直以謂非人者身非是人也故云是人則當知患難昔之通儒執文害義蓋有如此或謂詩人但當刺時在位之臣何必遠及其先祖曰作詩者人人意異四月之詩以寒暑為喻故推其初始而言見事皆有漸不圖之於早也考其三章之次第可以見矣

本義曰周大夫刺幽王之臣在位者貪殘刻剥於其下使民物耗竭如草木彫盡於秋冬乃於首章先本其事

云自四月夏暑氣盛至六月盛極當退於此之時萬物已有將衰之漸而人未見也如彼世禄在位之臣自其先祖以來所任已非其人當時何安然忍予之禄位者蓋未見其害其二章遂言貪殘之政使民物傷耗如秋日之淒然使百草俱病也其三章則極言民物窮竭如冬日寒風凛冽暴急而萬物彫盡也其曰亂離瘼矣奚其適歸者民被患淺猶思有所歸以茍免也又曰民莫不穀我獨何害者民被患愈深則其辭愈緩蓋知其無

如之何但自傷歎而已而云民誰不有生我獨何爲及此害也詩人於此三章言有次第蓋如此也其曰山有嘉卉侯栗侯梅者又言貪殘之臣害物廣也謂如採於山者但知貪取栗梅不知其下美草皆被蹂踐而殘賊也其曰相彼泉水載清載濁我日構禍曷云能穀者謂此泉水澄之則清撓之則濁譬彼諸侯可使爲善可使爲惡而彼貪殘之臣日自構怨亂之禍於下國亦何由使其爲善其曰滔滔江漢南國之紀者勉其下國之辭

也謂此江漢二大川總納南方之衆水滔滔而流以歸
乎海故能為南國之紀汝下國之諸侯當盡瘁以事周
相率而尊天子則土地爵禄何所不有也其下二章則
哀其人民之辭也謂其欲去則不如魚鳥有所逃避欲
居則不如草木之依山隰得遂其生也

小明

論曰小明序云大夫悔仕於亂世也鄭謂名篇曰小明
者言幽王曰小其明損其政事據詩終篇但述征行勞

苦畏於得罪不敢懷歸之事乃是大夫悔仕之辭如序之説是也了無幽王日小其明之意大雅明明在下謂之大明小雅明明上天謂之小明自是名篇者偶為誌别爾了不關詩義苟如鄭説則小旻小宛之類有何義乎詩云嗟爾君子無恒安處乃是大夫自相勞苦之辭云無苟偷安但靖共爾位之職惟正直是與則神將祐爾以福也鄭乃以嗟爾君子為其友之未仕者且大夫方以亂世悔仕宜勉其未仕之友以安居而不仕安得

敎其無恒安處蓋鄭謂大夫勉朱仕之友去之他國無安處於周邦也故引鳥則擇木之説夫悔仕者悔不退而窮處爾如鄭之説則周之大夫皆懷貳心敎其友以叛周而去此豈足以垂訓也

鼓鍾

論曰鼓鍾序但言刺幽王而不知實刺何事若據詩文則作樂於淮上矣然旁攷詩書史記無幽王東巡之事無由遠至淮上而作樂不知此詩安得為刺幽王也書

曰徐夷並興蓋自成王時徐戎及淮夷已皆不為周臣
宣王時嘗遣將征之亦不自往至魯僖公又伐而服之
乃在莊王時而其事不明初無幽王東至淮徐之事然
則不得作樂於淮上矣其詩曰鼓鐘將將淮水湯湯憂
心且傷淑人君子懷允不忘其先言憂心而後言君子
不知憂心者復為何人其卒章云以雅以南以籥不僭
其辭甚美又疑非刺也毛謂南為南夷之樂者非也昔
季札聽魯樂見舞南籥者曰美哉猶有憾蓋以為文王

之樂也詩人以文王之詩為周南召南然則此所謂以雅以南者不知南為何樂也皆當闕其所未詳

裳裳者華

論曰裳裳者華刺幽王者三事爾由小人在位而讒諂進故棄賢者之類絶功臣之世也其卒章又戒王毋近小人而當親君子義止如是而已矣然毛鄭之失者以裳華喻君以之子為明王由是詩之義不可得而見毛又以左之為朝祀之事右之為喪戎之事鄭以君子為

先人攷詩及序皆了無此義失之尤遠

本義曰裳裳者華其葉湑兮者言其葉華並茂喻賢材美衆盛也我見是人而傾心用之則君臣有榮譽也又曰裳裳者華芸其黄矣言其華色光耀喻有功之臣功烈顯赫也我見是人作事皆可法故得慶於後而世禄不絶也章法也陳二章刺王不能也又曰裳裳者華或黄或白刺王朝君子小人雜處也而讒諂得進因戒王以馭臣之道當如馭馬使駑良並駕而進退遲速如一

者在調和其轡緩急以節之爾謂善馭臣下者君子小人各適其用而節制在己也其卒章則又言左右常當親近君子而慎其所習左右有小人則似小人有君子則似君子也

鴛鴦

論曰鴛鴦序云思古明王交於萬物有道自奉養有節今考詩下二章言乘馬在廏猶近於自奉養之事然馬無事則委之以莝有事則予之以穀此前世中材常主

之所能為而不足當詩人思古而詠歎然義猶有說而通若其上二章之義了不涉及序意且鴛鴦非是鴈之類其肉不登俎非常人所捕食之物今飛而遭畢羅乃是物之失所者而謂匹鳥止則耦飛則雙此為交萬物之實匹鳥之雙自是物之本性了不干人事幽王之世鴛鴦飛止亦宜自雙耦何必果明王之時也其二章云鴛鴦在梁戢其左翼鄭謂明王之時人不驚駭而自若無恐懼然則人不驚駭與遭畢羅二章義正相反而鄭

皆爲明王之時理豈得通又詩二章其下文皆云君子萬年是其在梁與畢羅詩人本不取其驚不驚也故此篇本義未可知也宜闕其所未詳

車舝

論曰鄭氏以車舝之詩周大夫惡褒姒之亂國欲求賢女以輔佐幽王然解詩三章燕喜燕譽飲食歌舞皆以爲幽王既得賢女之後改爲善行大夫以此相慶自相燕樂故雖無賢友旨酒嘉殽亦且亟相飲食歌舞言其

喜甚也據詩序言褒姒之惡敗亂其國大夫不能救止顧無如之何因思得賢女以配君子為輔佐庶幾可救王爾思得者是未見之辭也所思賢女尚未有其人而諸大夫舍其所憂之急者遂言已得賢女之後慶喜燕樂之事使略及之猶在人情或有今詩連章復句述其燕喜燕譽至其三章更不及他事惟說飲酒歌舞然則鄭氏之說豈詩人之本意哉且詩人本以幽王無道思得賢女以救其惡鄭箋平林云王若有美茂之德則賢

女來配若王自有美茂之德則詩人復何所刺乎亦非詩人本意也至於雖無旨酒式飲庶幾以為庶幾王之變改是式飲庶幾分為二事又云我與女用是歌舞相樂喜之甚也然則上言方庶幾幸王變改下言則已喜甚又以雖無德三言斷為一句皆文義乖離害詩本義不可不論正也

本義曰閒關車之舝兮思孌季女逝兮匪饑匪渴德音來括者所謂思得賢女之辭也匪饑匪渴云者言我所

思者非饑思食非渴思飲乃思賢女以德音來與我王配合也雖無好友式燕且喜者謂彼所思之女雖無衆妾與相好友衹得一人亦足以承王之燕喜也婦人以相好為友見關雎之文又曰依彼平林有集維鷮辰彼碩女令德來教式燕且譽好爾無射云者此惡褒姒嫉妬之辭也謂彼平林之廣能容飛鳥則鳴鷮皆來依其蔭蔽碩女賢淑能容其下則衆妾之有令德者皆來化其善行也若得此賢女與王燕樂而享榮譽則我好愛

之無厭射也又曰雖無旨酒式飲庶幾雖無嘉殽式食庶幾雖無德與女式歌且舞云者思賢女而不可得之辭也以謂酒殽雖不美善庶幾可飲食則飲食之矣賢女雖無德及汝可配王則當共歌舞而樂之爾陟岡析薪言得之易也鮮我覯爾我心寫兮者歎賢女難得使我傾心求之而未見也高山仰止景行行止者勉其不已之辭也以謂賢女雖難得求之不已將有得也故其下則云四牡騑騑六轡如琴者謂調和車馬往迎之如

首章車𨌺也使我見王得此賢女為新昏則慰我心矣

詩本義卷八

詩本義卷九

宋 歐陽修 撰

青蠅

論曰青蠅之汙黑白不獨鄭氏之說前世儒者亦多見於文字然蠅之爲物古今理無不同不知昔人何爲有此說也今之青蠅所汙甚微以黑點白猶或有之然其微細不能變物之色詩人惡讒言變亂善惡其爲害大

必不引以為喻至於變黑為白則未嘗有之乃知毛義不如鄭説也齊詩曰匪雞則鳴蒼蠅之聲蓋古人取其飛聲之衆可以亂聽猶今謂聚蚊成雷也

本義曰青蠅之為物甚微至其積聚而多也營營然往來飛聲可以亂人之聽故詩人引以喻讒言漸漬之多能致惑爾其曰止于樊者欲其遠之當限之於藩籬之外鄭説是也棘榛皆所以為藩也

賓之初筵

論曰衛武公之作是詩也本以幽王荒廢飲酒無度天下化之君臣沈湎所以刺也如鄭氏之說則王之飲酒賓主肅然禮修樂備物有其容揖讓周旋皆中其節先與羣臣射而擇士然後祭祀其先至於受神之福酌尸登餕禮無違者及乎射祭訖事之後燕其族人旅酬之際始與其生賓頓出小人之態號呼傾側以至失禮敗俗是其一日之内朝為得禮之賢君暮為淫泆之昏主此豈近於人情哉蓋詩人之作常陳古以刺今令詩五

章其前二章陳古如彼其後三章刺時如此而鄭氏不分别之此其所以為大失也鄭氏長於禮學其以禮家之説曲為附會詩人之意本未必然義或可通亦不為害也學者當自擇之

本義曰賓之初筵刺幽王君臣沈湎於酒其前二章畧陳昔之人君與其臣下飲酒必賓主秩秩然肅恭至於籩豆殽蔌皆有次序而酒旨樂和又其不徒燕飲而已也或行射禮以揖讓周旋因其勝不以其爵或因祭其

先祖神享而降福子孫受賜乃相湛樂蓋明非以淫泆為樂也其下二章遂刺王之君臣上下飲酒旣失威儀又號呶雜亂籩豆亦無次序至於起舞傾側其冠弁又立監史以督罰不飲者皆使之醉而時人反以不醉為恥勿無皆禁止之辭也其卒章曰式勿從謂無俾大怠者戒醉者無從其所謂以自縱而至於大慢惰也匪言勿言匪由勿語由醉之言俾出童羖云者又戒人以醉言不可聽至於謂羖羊童首是以無為有則言語無度

可知也三爵不識矧敢多又云者又教飲者以醉辭也言我三爵已昏然無所識知矣其又敢多飲乎

采菽

論曰詩云君子來朝言觀其旂鄭謂諸侯來朝王使人迎之因觀其衣服車乘之威儀所以為敬且省禍福據序但言幽王侮慢諸侯不能錫命以禮君子思古以刺今爾如鄭所說省禍福詩及序文皆無之據詩但述諸侯來朝車服之盛可觀爾其曰君子所届者乃言君子

所至車旂如此之盛爾亦不謂其法制之極也天子所予者謂此諸侯旂鸞驂駟與其所服赤芾邪幅皆是天子所賜爾以刺幽王不能賜諸侯也諸侯爵秩車服有等差當賜則賜矣不待其幅束無紓緩之心然後賜也其曰彼交匪紓者直言其邪幅爾鄭謂君子所届為法制之極天子所予為非有解怠紓緩之心天子以是故賜予之者皆衍説也汎汎楊舟紼纚維之者鄭謂紼纚維舟猶諸侯御民以禮法者非也據詩意紼維舟如天

子以爵命維制諸侯爾故其下文云樂只君子天子葵之毛謂明王能維持諸侯是矣

角弓

論曰角弓據序但言幽王不親九族而好讒佞骨肉相怨而作是詩爾如毛鄭之說老馬反爲駒謂王侮慢老人遇之如幼穉雖非詩本義而理尚可通其如食宜饇如酌孔取謂王如食老人宜使之飽如飲老人宜度其所勝多少則非詩之意也詩述九族怨王不親爾不論

老者飲食多少也言如者有所比類之辭也至於教猱塗附謂人心皆有仁義教之則進雨雪見晛喻小人雖多王若欲興善政則小人誅滅如蠻如髦又謂小人之行如夷狄而王不能變化考序及詩了無此義與上章意不相屬由毛鄭失其本旨也弓之為物其體往來張之則内嚮而來弛之則外反而去詩人引此以喻九族之親王若親之以恩則内附若不以仁恩結之則亦離叛而去矣其義如此而已毛謂不善紲檠巧用則反者

衍說也紲檠制弓使不反之蹢也蓋造弓未成時所用已成之弓則體有往來其張之則來弛之則去古今通然是詩人所取之義也

本義曰角弓之詩自四章以上毛鄭之說皆是其一章言雖骨肉之親若遇之失其道則亦怨叛而乖離如角弓翩然而外反矣二章言王與骨肉如此則下民亦將效上之所為也三章四章遂言效上之事云兄弟不令而交相賊害則民亦效之各相怨於一方貪爭不已至

於亡身也五章六章則刺王所以不親九族者由好讒佞而被離間也因述讒佞之人變易是非善惡乃以老馬為駒不顧人在其後而辨其非也謂其肆為讒佞傍若無人也其所以如此取王之寵如貪飲食之人務自飽足而已又言讒佞之人已自如此而王又好讒以來之如猱喜升木又教之塗喜著又附之其曰君子有徽猷小人與屬者徽美也猷道也君子有所美之道則小人畢趨而為之矣其七章八章又述骨肉相怨之言云

王踈九族而好讒佞如此亡無日矣如雨雪見日而將消也莫肯下遺式居婁驕者謂王不以恩意下及九族而自為驕傲也如蠻如髦言骨肉相視如夷狄無禮義仁恩也

菀柳

論曰鄭箋上帝云者愬之也以謂詩人呼上帝而告之曰幽王暴虐甚使我中心悼病然則上帝與甚蹈當分為兩句豈成文理考於詩意亦豈得通俾予靖之後予

極焉訓靖為謀又以謂假使我朝王王留我謀政事王信讒不察功考績後反誅放我如鄭此說則詩人方呼天言王不可朝其下文遽言王使我謀之初無假使朝王之語鄭何從而得之可知其臆說也君子不逆詐而詩人假使朝王王必留我謀而又後必誅我於義皆必不然也彼人之心以為斥幽王言王心無常不知所屆考詩初無此意又與下文不屬蓋亦其失也

本義曰不尚尚也蹈動也謂警動也靖安也詩人言彼

菀然茂盛之柳尚可以依而休息而幽王暴虐不可親令天警動我使我無自暱近之又使我安之以待其極其二章之義皆同惟言後予邁焉謂待其可往朝則往焉其卒章言彼鳥之飛猶戾天而人心何之不可我則獨安然當此虐王之時將罹其凶禍而不去蓋諸侯怨叛之辭也録之以見幽王之惡人心離叛如此而幽王不悔改也

白華

論曰白華據序意言幽王黜申后而立褒姒致下國化之亦多棄妻而立妾周人推本其事由褒姒淫惑幽王竊居后位故使下國之人效之立妾為妻正妻被棄而王不能治也然則周人作詩本為下國之以妾為妻爾毛鄭二家所解終篇不及下國之人妻妾事此其所以失也且序言刺幽后而鄭以詩所謂之子為斥幽王碩人為斥幽后今考詩八章五章常言之子則是刺幽王者多矣何得序獨言刺幽后也碩人者大人爾毛既以

為斥褒姒遂解為妖大之人此又不穿鑿乎令考詩意言之子者棄妻斥其夫也所謂碩人者乃刺幽后爾又序言以妾為妻以孽代宗雖為兩事而其實一也蓋妾子為孽妻子為宗既升妾為妻則自然其孽子為適矣令考詩但述妻妾之事而無及適庶之語乃作序者因言及之爾

本義曰白華以為菅白茅以為束言二物各有所施可以並用如妻妾各有職可以並居而之子乃獨遠棄我

而不見容彼英英然白雲者於彼菅也茅也皆覆露之而無所擇而君子之於妻妾亦當均其恩愛無異而之子乃獨棄我蓋由天道艱難而使之子心不善也步猶行道也滮池北流浸彼稻田者自高而及下也言化自上行而及下也此刺王及后也碩人者大人也王后是矣樵彼桑薪卬烘于煁者物失其所也桑薪宜爨烹飪而為燎燭棄妻自傷失職者由幽后化之然也鼓鐘于宮聲聞于外者言王后為惡於内而聲達於外使人致

之而之子慄慄然棄逐我使我邁邁而去也邁往也有鶖在梁有鶴在林者言二物皆非其所處如妾不宜居正位而妻不宜被遠棄也亦由褒姒奪據后位而下效之也鴛鴦戢翼雌雄相好之鳥也言之子二三其德曾此鳥之不如也有扁斯石履之卑兮言至賤之物當常在人下而為人助也扁石乘石也人履以升車者也履卑指此石常在人下而助人升者如妾止當在下而佐人爾今之子遠我而進彼使我病也

漸漸之石

論曰序言戎狄叛之荆舒不至乃命將率東征蓋序詩者言幽王暴虐致天下離心因言戎狄已叛而東征荆舒也鄭氏泥於序文遂以漸漸之石比戎狄不可伐山川幽遠為荆舒之所處且戎狄無不可伐之理如文王征犬戎宣王伐玁狁但幽王自不伐爾就使戎狄為不可伐幽王置而專討荆舒則是幽王知所伐矣復何刺哉何國無山川豈獨荆舒有之此又不通之論也維其

勞矣者詩人述東征者自訴之辭也鄭以為刺舒之國勢廣闊何其舍簡易而就迂回也不皇者詩人之常語鄭於此獨以皇為正至不皇出矣為不能正刺舒令出使聘問於王比尤臆說也豕涉波月離畢但將雨之兆爾毛說是也鄭曲為比興又汗漫而不切蓋其衍說也本義曰漸漸高石與悠悠然長遠之山川皆東征之人敘其所歷險阻之勞爾不皇朝矣者謂久處於外不得朝見天子也其二章云不皇出矣者謂深入險阻之地

將不得出也豕涉波而月離畢將雨之驗也謂征役者在險阻之中惟雨是憂不皇及他也履險遇雨征行所苦故以為言

詩本義卷九

詩本義卷十

宋 歐陽修 撰

文王

論曰嗚呼語有之曰衆口鑠金積毀銷骨豈虚言也哉文王之甚盛德所以賢於湯武者事殷之大節爾而後世誣其與紂並立而稱王原其始蓋出於疑似之言而衆説咻然附益之遂為世惑可不慎哉泰誓曰惟十有一年師渡孟津武成

曰誕膺天命惟九年大統未集此所謂疑似之言也而毛鄭於詩謂文王天命之以為王又謂文王聽虞芮之訟而天下歸者四十餘國說者因以為受命之年乃改元而稱王由是以來司馬遷史記及諸讖緯符命怪妄之說不勝其多本欲譽文王而尊之其實積毀之言也然而學者可以斷然而不惑者以孔子之言為信也孔子曰三分天下有其二以服事殷此一言者楊子所謂衆辭淆亂質諸聖者也至於虞芮質成毛鄭為諸說沿誤所由考傳及箋初無改元稱王

之事未害文王之為文王也惟雅之序言文王受命毛以為受天命而王天下鄭又謂天命之以為王云者惑後學之尤甚者也詩人之意以謂周自上世以來積功累仁至於文王攻伐諸國威德並著周國自此盛大至武王因之遂伐紂滅商而有天下然以盛德為所相而興周者自文王始也其義如此而已故序但言受命作周不言受命稱王也且詩人述作周之業歸功於其父而言國之興也有命自天此古今之常理初無怪妄之

說也書曰天之歷數在爾躬又曰天既訖殷命又曰勦絶天命之類其言甚多蓋古人於興亡之際必推天以為言者尊天命也如毛鄭之注文王則是天諄諄命西伯稱王爾此所以失詩本義而使諸家得肆其怪妄也說者但言殷未滅時文王自稱王於一國之中理已為不可況毛鄭於此詩言商之子孫衆多有國者皆在文王九服之中又言殷之諸侯來助文王祭者皆自服殷之服此二者皆是殷已滅之事若如毛鄭之說是文王

已滅殷而盡有天下矣此又厚誣文王之甚者也詩曰於緝熙敬止詩屢言緝熙毛鄭嘗以為光明不知其何據也爾雅云緝熙光也爾雅非聖人之書考其文理乃是秦漢之間學詩者纂集說詩博士解語之言爾凡引爾雅者本謂旁取他書以正說詩之失若爾雅止是纂集說詩博士之言則何煩復引也頌敬之云學有緝熙于光明毛鄭說以為學有光明于光明謂賢中之賢此穿鑿之尤甚者許慎說文熙燥也孔安國傳尚書熙廣

也他書或訓為和隨文詮義詩書各自不同而此熙訓廣近是矣緝續也續者接續而成功也緝熙云者接續而增廣之也駿命不易當音難易之易

本義曰文王在上於昭于天者據武王以為言也言武王雖滅殷而有天下然由文王在上其德昭著于天也周雖舊邦其命維新者據后稷公劉以來為言也言周自上世以來為周久矣至文王始受天之眷命而興盛也有周不顯乎自文王而顯大矣其顯不是帝命乎是

帝命也文王陟降在帝左右者謂其俯仰之間常如在帝左右言為天所親輔也亹亹文王令聞不已陳錫哉周侯文王孫子文王孫子本支百世者言勉勉勤修文王之業使文王之善聞流於後世者不止能如此乃是賢君而可以為文王之子孫也子孫能勉勉不墜文王之令聞則本與支皆可傳於百世也子武王孫成王也凡周之士不顯亦世世之不顯厥猶翼翼思皇多士生此王國王國克生維周之楨濟濟多士文王以寧者言

周之興也不獨其君因其世德其衆士佐文王成功業者亦世有顯名而謀事忠敬惟此多士生於周國為幹事之臣文王用之以寧周邦也穆穆文王於緝熙敬止假哉天命有商孫子商之孫子其麗不億上帝既命侯于周服者以戒成王也言美哉天命商之子孫數甚衆多而文王能繼續光明不改其敬慎之心是以上帝乃命之為周諸侯昔也天命為商之蕃屏而今也乃命為周諸侯由商王失政而天奪之周有世德而天予之

天所予奪惟德所在而無常主故又曰侯服于周天命靡常也殷士膚敏祼將于京厥作祼將常服黼冔者詩人既先引商王子孫以戒成王又引商之衆士以戒周之羣臣以謂殷之衆士乃服其服而來助周祭猶服殷服者見其亡國之故臣也故引以戒周臣使亦無失其世德以配天命而求福禄既又丁寧之曰當知殷之未失衆心之時故能配上帝宜鑒殷之亡知天命之不易無使天命至爾躬而止當明揚善聞常虞度殷之興亡

皆自天也其卒章又言天無聲臭其命難知但效法文王所為則可以使萬邦信天之輔有德也

棫樸

論曰棫樸五章毛於其四章所解絶簡莫見其得失其首章棫樸之義頗詳而二家之説相違然毛得而鄭失也詩人本以文王能官賢才任國大事故美之如鄭説則豫斫棫樸將祭而積薪乃賤有司之末事民庶人人能之詩人必不以此為能官人也鄭所以然者韋二章

奉璋之說也奉璋助祭與積薪事不同然能奉璋助祭亦止能官人之一事爾不必連首章言之且官人之職多矣豈專於祭祀乎自倬彼雲漢而下二章如鄭說更無官人之意但汎述法度為政等事汗漫而無指歸此皆其失也

本義曰詩人言芃芃然棫樸茂盛採之以備薪槱以喻文王養育賢才美賢才之充列位而王威儀濟濟然左右之臣趨而事之以見君臣之盛也其二章言在宗廟

則奉璋助祭皆髦俊之士其三章言舟之行水由衆人以楫櫂之如王之治國必衆賢居官以共濟其曰周王于邁六師及之者又言王有所征伐則六師皆從以見王所官人入宗廟居軍旅皆可用言文武之材各任其事也其四章言雲漢在上爲天之文章猶賢才在朝爲國之光采其曰周王壽考遐不作人者作動也言文王能官羣材各任其職王但享壽考邈然在上無所動作於人而國自治也蓋言官人之成效也其卒章又言金

玉之質美矣必待追琢而成文章以喻臣下有賢才必待奬用而成德業又言王當勉勉用人而但提其綱紀爾

思齊

論曰序言思齊文王所以聖也鄭云非但天性德有所由成蓋言文王所以聖者由其母大任之賢也然則思齊之義主述大任之德能致文王之聖爾今詩四章鄭箋自惠于宗公而下三章皆了不及大任雖雝雝在宮肅

肅在廟又以為文王在辟雍羣臣助王養老在宗廟羣臣助祭等事考序及詩皆非詩人本意其為衍說失詩之旨遠矣惠于宗公鄭以為順于大臣據詩上文云大姒嗣徽音則百斯男是方述大姒之德遽云順于大臣便為文王之事其下文又别述神無怨恫上下文義何由聮屬毛以無射為無厭鄭讀射為射御之射謂不顯亦臨無射亦保皆觀禮於辟雍之人以不顯為有賢才之質而不明者無射為無射才者且夫觀禮本欲化人

雖狂愚之人皆得觀豈限賢才之質自古王者在辟雍未聞必須能射者方得觀禮就如鄭說不明無射之人皆來觀禮亦前世之常事不足彰文王之聖不聞亦式以為有仁義之行而不聞達者不諫亦入以為有孝弟之行而不能諫諍者皆得助祭於廟且詩但云不顯亦臨無射亦保鄭何據而知是在辟雍之人不聞亦式不諫亦入何據而知是在宗廟之人不聞何據知為仁義不諫何據知為孝弟學者穿鑿之弊至於如此毛以思

齊為思莊以文理推之當讀如見賢思齊之齊也

本義曰文王所以聖者世有賢妃之助也自大姜大任以至太姒相繼有賢德也其可思而齊者大任也可思而愛者周姜也大任文王之母也大姜大國之婦也京室大國也言大姒每思慕任姜而繼其美聲有不妒忌之賢而子孫衆多又能輔佐君子順事先公而神無怨怒宗公先公也言周世有賢婦人文王幼生於賢母長得賢妃之助以成其德其德廣被由内及外由近及遠

自親者始故曰刑于寡妻至于兄弟以御於家邦雝雝在宮肅肅在廟者言文王平居在宮中則雝雝然而和有事在宗廟則肅肅然而敬不顯亦臨無射亦保言不以人所不見而怠常端莊若有所臨又無厭倦而能守其常也保守也肆戎疾不殄烈假不瑕戎眾也烈光也假大也言文王之德於事雖眾多敏疾而不絶其施於事者光大而無瑕也不聞亦式不諫亦入者式法也言事有雖未嘗聞舉必中法也又不待教諫而能入於善也

毛謂性與天合者是也詩人既述文王修身之善能和敬於人神而出處有常度又述其遇事之聰明所為皆中理然後本其所以聖者由生於賢母幼被養育而至成人也故曰肆成人有德小子有造言文王有成人之德自其為幼小之子而養育成其性也既又推廣而言曰不獨文王古之人自其幼小教育無厭倦則皆有名譽為俊髦之士矣

皇矣

論曰據序但言文王修德最盛而考詩則上述大伯王季又多言文王征伐之事蓋詩人言周世德所積至文王又著功業而德最盛也詩謂二國者毛以為夏殷者非也且詩述文王何因遠及夏世而終篇無殷事則毛說非矣鄭謂二國為紂及崇侯者崇侯是其一也紂亦非也詩謂四國者毛以為四方鄭以為密阮徂共考鄭所謂國者皆不見於前書莫可知其是否惟據詩稱密人則密可知為國也又曰以伐崇墉則崇可知為國也

其曰以按徂旅侵自阮疆二者亦似國名而知非國者以上下文考之義不能通故也且鄭以密阮徂共為四國以統上維彼四國之文而數外又有串夷及崇詩人不應前以四國為目而後列六國上章先阮而後徂下章先徂而後阮共則不復再見密但言不恭而不言侵伐崇不在四國之數及著其伐功最詳其先後無次詳畧失宜詩人之作不應如此絶無倫理此所以難通也阮徂共旣不可為國則四國當從毛說為四方詩云四國

順之又云四國是皇又云正是四國詩人之語此類甚多然毛云侵阮遂往侵共以徂為往是矣而猶以阮共為國者亦非也今以文考義止於侵密伐崇二事爾且詩云密人不恭敢距大邦侵阮徂共若如鄭說以上下文考之乃是密人有不恭距命之罪不被討而徂阮共三國以無罪見侵理未必然毛傳亦同但以徂為往小異爾大義皆失之也或曰密人距周之侵三國爾是亦不然且詩人本欲稱述文王之功業若周侵三國而密人

距之則密亦有罪矣就如鄭説阮則侵而服徂則僅能止其旅共則不見勝敗密則未嘗加討是文王有所舉鄰國不順而不能討所侵之國又無必勝之功然則何以為功業何以示威德詩人亦何足稱述哉所以知其不然也而為毛鄭之學者又謂周侵三國召兵於密而不從者尤踈也阮共當是密國地之别名如周有岐邠豐召也串夷依毛傳則義通如以為昆夷則上下文義絶不相屬故當從毛也詩既止述侵密伐崇則上文二

國當是密及崇也度明類長君順比七者古今常言毛鄭曲為訓義雖未害文理然於義為衍去之可也

本義曰皇矣之首章言大哉天乃赫然下視四方求民之所歸定見此密崇二國失政而暴亂乃於彼四方諸國謀度孰可定民者而天意遲久之慎其所擇既憎二國之自大乃眷然顧周與之使宅西土其政不獲謂失為政之道也耆遲久也其二章乃本周作宇之始岐周之民樂就有德皆共刋除樹木而營理邑居帝亦遷就

以成周家之德累世積習常久而增大遂以配天而受命天立厥配者謂立其德可配天者以為君也受既固者謂世積德久也其三章言帝視岐周之山柞棫松柏皆栊起茂盛謂其土地肥美可以建國乃使之作周邦以配天而推其始自太伯王季言此王季能友其兄大伯使讓已以傳聖子而餘慶流光後世子孫受天之禄無喪失遂至奄有天下其四章又言王季之德昭明克類可以君長大邦而文王順承比合其世德而無改遂

受天福及於子孫悔改也其五章言天謂文王無信從諸侯之跋扈貪羨者宜先據可勝以臨之無信而從之也岸高也當據高以制下謂諸侯有暴亂者先修威德以待之故密人不恭則赫然奮怒整其師旅以侵之兵入其國自阮至共而止不伐滅其國者但揚其威不滅人之國以為德所以厚周之福而示天下其六章又言周師先據勝地然後侵之而密人不敢有其岡陵水泉密人既服外患已除乃度善原於岐渭之間以定周國

其七章言天謂文王我懷爾明德深厚不外爲聲形又不大爲變革使人不識不知如天於萬物使人不見其所爲蒙德而不自知故諸侯不識文王之德者反助紂無道與周爲仇敵者崇侯是也當率爾兄弟之國以往征伐之其八章又言師徒攻具之盛而崇城高大難攻而周師執生獻馘禱兵而伐之遂以滅崇而威德加於四方無敢侮戾者言天下之心遂歸周也一侵一伐未必能使天下皆歸詩人上述伐崇皆先言帝謂者古人

舉事必稱天於興師討伐尤託天命如天討有罪肅將天威恭行天罰之類是也侵密而外患息乃定邑居伐崇而威德著則四方皆服詩人雖推大祖宗之功務極其美然功業大小次第先後亦自有倫也

生民

論曰妄儒不知所守而無所擇惟所傳則信而從焉而曲學之士好奇得怪事則喜附而為說前世以此為六經患者非一也后稷之生說者不勝其怪矣不可以遍

攻攻其一二之尤者則衆說可從而息也毛謂姜嫄者帝嚳高辛之配也高辛爲天子以玄鳥至之日親祠于郊禖以求子姜嫄從帝嚳而見于天將事齊敏天歆饗而降福乃生后稷姜嫄以后稷生異於人欲以顯其靈乃寘於隘巷而牛羊辟之又寘於平林而林閒人收取之又寘於冰上而有烏以翼覆藉之於是姜嫄知有天異乃往取而育之鄭謂姜嫄非帝嚳之配乃高辛氏後世子孫之妃爾高辛後不爲帝矣得用天子之禮祠高

禖者為二王後故也又謂當祠高禖時有上帝大足迹姜嫄履其指拇歆然感而有身遂生后稷以無人道而生子懼人不信乃寘之隘巷等處以顯其異凡怪妄之說使諸家合辭并力以相固結若折以至理猶可攻而破之况二家自相乖戾如此也令各以其所自為說者反攻之則亦可以屈矣毛鄭之前世已傳姜嫄之事也今見於史記者是矣初無高禖祈子與欲顯靈異之事也直言姜嫄出履大人之迹生子懼而棄之及見牛羊

不踐帝事始知為異兒遂收育之爾就其妄說猶若有次第至二家解詩乃各增損其事以遷就已說毛能不信履迹之怪善矣然直謂姜嫄從高辛祠於郊禖而生子則是以人道而生矣且有所禱而夫婦生子乃古今人之常事有何為異欲顯其靈而以天子之子棄之牛羊之徑及林間冰上乎此不近人情者也毛傳商頌亦言高辛次妃簡狄以元鳥至之日祀高禖而生契與姜嫄生后稷事正同其先生契也未嘗以為異其後生后

稷豈特駭而異之乎此又理之不通矣五帝君臣世次至周以後已失其傳蓋其相去千五六百歲歲久不能無訛繆而無所考正矣今史記本紀出於大戴禮世本諸書其言堯及契稷皆為帝嚳之子先儒以年世長短考之理不能通固難取信而鄭又自惑於讖緯專用命歷序言帝嚳傳十世因以堯契皆不為嚳子而猶以后稷為嚳後世子孫謂堯不徒非嚳子亦非高辛氏之族故以后稷於堯世為二王之後其言無所稽據而皆由

其臆出夫天命有德以王天下此聖賢之通論也天生聖賢異於衆人理亦有之然所謂天命有德者非天諄諄有言語文告之命也惟人有德則輔之以興爾所謂天生聖賢者其人必因父母而生非天自生之也詩曰維嶽降神生甫及申申甫皆父母所生也鄭則不然直謂后稷天自生之爾夏有天下四百餘歲而為商商有天下六百餘歲而為周如鄭之説是天不因人道自與姜嫄歆然接感而生后稷其傳子孫一千歲後為周而王

天下且天既自感姜嫄以生后稷不王其身而王其一千歲後之子孫天意果如是乎無人道而生子與天自感於人而生之在於理皆必無之事可謂誣天也蓋毛於史記不取履迹之怪而取其訛繆之世次鄭則不取其世而取其怪說三家或異或同諸儒附之駁雜紛亂附毛說者謂后稷是帝嚳遺腹子附鄭說者謂是蒼帝靈威仰之子其乖妄至於如此夫以不近人情無稽臆出異同紛亂之說遠觧數千歲前神怪人理必無之事

後世其可必信乎然則生民之詩孔子之所錄也必有其義蓋君子之學也不窮遠以為能闕所不知慎其傳以惑世也闕焉而有待可矣毛鄭之說余能破之不疑生民之義余所不知也故闕其所未詳

鳧鷖

論曰鳧鷖序言太平之君子能持盈守成神祇祖考安樂之者但言人神和樂而已其曰鳧鷖在涇在沙謂公尸和樂如水鳥在水中及水旁得其所爾在沙在渚在

潀在疊皆水旁爾鄭氏曲為分别以譬在廟等處者皆臆説也於詩大義未為甚害然學者戒於穿鑿而汩亂經義也

假樂

論曰假樂序所以但言嘉成王而不列所嘉之事者以詩文意顯更無他事可陳大意止於臣民嘉美成王之德爾而鄭氏乃以宜人為能官人成王美德甚衆不應獨言其官人若專為官人而作則序當見詩人之意況

考文求義理不然也其二章言子孫千億宜君宜王則不愆不忘當為成其後世無忘成王之法爾而鄭以為成王循用周公之禮法者亦非也燕及朋友非謂燕飲之燕也語曰子之燕居則燕私之燕也三者皆為小失然既汨詩義則不可以不明燕及朋友與以燕翼子義同

本義曰詩人言大哉可樂者彼成王君子有顯顯之德以宜其人民而受天之禄為天所保右而命之以為王

也其二章言成王福禄及其子孫之衆世世宜爲君王又戒其子孫常循用成王之典法無使過差忽忘也其三章言成王外有威儀内有令德其臨下無有怨惡於人率用羣臣以共治之王享其福禄總其綱紀而已其卒章言在燕私則朋友在公朝則卿士皆當共愛于王而不解于位民乃得安息也

詩本義卷十

欽定四庫全書

詩本義卷十一

宋 歐陽修 撰

卷阿

論曰卷阿言召康公戒成王求賢用吉士毛鄭二家所解得詩義者多矣而其所失者三詩曰有馮有翼有孝有德以引以翼毛以為道可馮依以為輔翼得之矣而鄭謂馮為馮几有孝為成王有德為羣臣言王之祭祀

擇賢者以爲尸豫撰几擇佐食尸之入也使祝贊道扶翼之據詩十章其九章皆言用賢不應忽於此章三句特言祭祀用尸之事於其本章豈弟君子四方爲則義已不倫而以上下章文義考之絶不相屬且詩本無祭祀之事此鄭之失一也詩曰鳳凰于飛翽翽其羽亦集爰止者謂吉士來居王朝如鳳凰來集鳳凰世所稀見之鳥故詩人引以喻賢臣難得王能致之其義止於如此爾而鄭以亦集爰止爲衆鳥也謂衆鳥慕鳳凰而來

喻賢者所在羣士慕而往仕且詩人但言亦集爰止安知亦為衆鳥如下章亦傅于天豈可鳳自來集而衆鳥上傅于天此理不通灼然可見且詩人言亦者多矣皆是連上為文未嘗以亦別為他物也鄭又言因時鳳凰至故以為喻考於詩書成王時未嘗有鳳至此其失者二也詩曰鳳凰鳴矣于彼高岡梧桐生矣于彼朝陽菶菶萋萋雝雝喈喈者言鳳鳴高岡而集於梧桐之上梧桐則菶菶萋萋然茂盛鳳凰則雝雝喈喈而和鳴以喻

成王能致賢士集於朝君臣相得而樂也故其下文遂言君子車多而馬閑謂其得優游之樂也而毛謂梧桐太平而後生朝陽且梧桐世所常有之木無時不生詩人言生朝陽者取其向陽而茂盛爾安有太平然後生朝陽之理此妄說也鄭又謂梧桐生猶明君出生於朝陽猶君德之温仁者亦衍說也此其失者三也

蕩

論曰詩人言上帝者多矣皆謂天帝也而毛鄭惟於板

及此詩以上帝為君王意謂斥厲王者皆非也蕩自二章以下每言文王曰咨咨女殷商者自是詩人之深意而鄭謂厲王弭謗穆公不敢斥言王惡故上陳文王咨嗟殷紂以切刺之者亦非也厲王之詩多矣今不暇遠引如蕩之前板也所謂靡聖管管天之方虐之類斥王之言多矣蕩之後抑也所謂其在于今興迷亂于政顛覆厥德荒湛于酒之類斥王之言多矣豈凡伯衛武公敢斥而獨召穆公之不敢也蓋鄭見詩為厲王作終篇

不刺王而但述殷商不得詩人之意所以云然也鄭又謂天降滔德是厲王施倨慢之化者亦非也且詩終篇述殷紂不宜中取一句獨斥厲王此理難通矣至於流言以對箋云王若問之則以對侯作侯祝謂王與羣臣乖爭而祝詛鄭意皆謂厲王者皆非也蕩蕩廣大也謂蕩然無限畔也序言天下蕩蕩無綱紀文章者謂天下廣大無綱紀條理以治之也文章條理也鄭不達此意以蕩蕩為法度廢壞遂失詩義矣凡人善惡有大小故

作詩之意從而深淺時君之過惡小則勸戒之而已如宣王之有規誨成王之有戒之類是也其過惡已大然尚可力救之庶幾能改則指其事而責誚之凡言刺者皆是也其過惡已甚顧力不可為則傷嗟而已蓋刺者欲其君聞而知過傷者顧其君不可與言矣直自傷其國之將亡爾然則刺者其意淺故其言切而傷者其意深故其言緩而遠作詩之人不一其用心未必皆同然考詩之意如此者多蓋人之常情也蕩之序云召穆公

傷周室大壞也是穆公見厲王無道知其必亡而自傷周室爾所以言不及厲王而遠思文王之興也能事事以殷為鑒因歎人事常有初而無終以謂初以文王興終以厲王壞也詩人所陳殷商之事自其初用小人至於大命傾亡其訓義則毛鄭得之矣所失者詩之大義也

本義曰召穆公見厲王無道而傷周室將由王而隳壞乃仰天而訴曰蕩蕩上天乎此厲王者下民之君也天

之禍福於人其應甚疾而尊嚴之威可畏乃命此多邪辟之王以君天下遂言天之生民其命難信謂天果愛斯民乎則冝常命賢王奈何有初而無終謂初則命文王終則命厲王也其二章以下乃條陳王者之過惡言此等事皆殷紂所行文王咨嗟以戒於初而厲王踐而行之於終也其曰枝葉未有害本實先撥者謂紂時宗廟社稷猶在天下諸侯未盡叛但王自為惡盈滿而禍敗爾蓋穆公作詩時周室尚存然知其必亡者以王為

無道根本先壞爾王者國之本也又曰殷鑒不逺在夏后氏之世者言非獨文王之鑒殷殷之初興亦鑒夏之亡矣謂令既然則後之興者當又鑒厲王也此言傷之尤深者

抑

論曰序言衛武公刺幽王亦以自警也考詩之意武公為厲王卿士見王為無道乃作詩刺王不自修飾而陷於過惡其詩汎論人之善惡無常在人自修則為哲人

不自修則為愚人爾其意雖以刺王不自修而陷於不善然其言大抵汎論哲人愚人因以自警也蓋詩終篇汎論之語多指切厲王之語少而毛鄭多以汎論之語為刺王如靡哲不愚謂王政暴虐賢者佯愚之類是矣皆非詩義也鄭於蕩謂召穆公畏王監謗不敢斥言王而遠引殷商於抑則以小子皆為斥王何前後之不類也召穆衛武厲王時人不宜相異如此畏監謗而不敢斥理實不通然臣斥其君為小子義亦難安也今徧考

詩書稱小子者多矣皆王自稱為謙損自卑之言也未見臣呼其君為小子者也書曰小子封小子胡君命其臣可也周公呼成王為孺子者成王幼周公屬親而尊其語或然其曰公將不利於孺子者主言成王之幼疑周公害之猶言欺孤兒爾理亦通也衛武於厲王非如周公之尊親而厲為暴虐之長王斥以小子而乳臭待之理必不然况考詩義亦非也詩云相在爾室尚不愧于屋漏者不欺暗之謂也神之格思不可度思者言幽則

有鬼神亦不欺暗之謂鄭引禮祭於奥既畢改設饌於西北隅神之來止不可度知況可於祭末而有厭倦乎者衍説也考詩上下文直謂修慎容德為人儀法爾了不涉祭祀之事也詩又曰彼童而角實虹小子葢言事有是非相亂者爾鄭謂童羊譬王后與政事又言天子未除喪稱小子以上下文考之殊無倫次亦其衍説二者尤汩亂詩義者也至於分斷章句皆失其本既害詩義不可以不正也詩句無長短之限短或一二言長至

八九言取其意足而已罔敷求先王克共明刑當以九言為一句也

本義曰武公刺王不修慎其容德而陷於不善其首章曰抑抑威儀維德之隅云者汎言人當外謹其容止則舉動不陷於過惡是其威儀為德之廉隅也人亦有言靡哲不愚云者謂哲人不自修慎則習陷為昏愚矣如書云唯聖罔念作狂也庶人之愚亦職維疾云者謂衆人性本善而初不明不能勉自開發而終為昏愚者譬

人之疾是其不幸爾哲人之愚亦維斯戾云者言哲人性明而本善惟不自修慎而習陷於過惡終為愚人者自戾其性爾此雖汎論人之善惡在乎自修慎與不修慎以譏王而勉之亦以自警其怠忽也其二章曰無競維人四方其訓之云者競彊也亦汎言莫彊於人乃以一身所為而訓道四方謂以天下為己任可謂自彊者也有覺德行四國順之云者覺聳動也以德行修著可以動人則四國服從矣謂一日克己而天下歸仁也二

者爲君天下者言也訏謨定命遠猶辰告敬慎威儀維民之則云者言君天下者欲使四方四國訓道而服從其君臣相與謨謀以出命令遠慮深圖而以時相告戒者其要在一言而已敬慎威儀以爲民法廼謂修身而天下服也一章二章皆汎論下章乃專以刺王其三章曰其在於今興迷亂于政顛覆厥德荒湛於酒云者指時事以刺王也女雖湛樂從弗念厥紹罔敷求先王克共明刑肆皇天弗尚如彼泉流無淪胥以亡云者言王

荒于湛樂不思繼紹文武之業又不求先王所作之典刑不知為惡者有戮乃躬自陷於罪咎而皇天不祐則大戮當至如泉水之流汎濫無不被而君臣皆將滅亡也其四章曰夙興夜寐洒埽廷內維民之章修爾車馬弓矢戎兵用戒戎作用逷蠻方云者刺王有廷內知日夕洒埽以示人嚴潔而不知修飭其身以自潔其容德又刺王知修戎備以防兵亂禦夷狄而不知修身以遠禍敗逷與剔同謂警惕之也其五章曰質爾人民謹爾

侯度用戒不虞云者教化此所以防禍亂也質定也安定人民謹守為君之法度此乃以防非意之事也慎爾出話敬爾威儀無不柔嘉云者亦教王自修也謂慎出話敬威儀不猶愈於洒埽廷内與修戎備乎謂王知嚴潔其廷之勤而不知修飭其身之要知防兵戎於外知備夷狄於遠而不知敬慎近在其身而可以遠禍也其六章曰白圭之玷尚可磨也斯言之玷不可為也云者又戒王之慎出話也無易由言無曰苟矣莫捫朕舌言

不可逝矣云者謂言不可苟雖莫有持我舌者而言不可以妄出也其七章曰無言不讎無德不報惠于朋友庶民小子子孫繩繩萬民靡不承云者又戒王慎言與德謂善惡各有其報當施德于朋友庶民小人皆使懷惠則王子孫之衆世世為萬民承順謂施德自其身者子孫猶將獲報也視爾友君子輯柔爾顏不遐有愆云者又戒王起居左右當友君子和柔其顏以接之以習為善道則庶幾遠罪也不遐遐也詩人語常如此其八

章曰相在爾室尚不愧於屋漏無曰不顯莫予云覯云者不欺暗也神之格思不可度思矧可射思云者謂君子非徒不以不我見而自欺又有神鑒於幽而不可測宜常畏懼而不可怠忽也此又戒王不惟自修於顯又當不懈於幽隱也射厭也厭怠也其九章曰辟爾為德俾臧俾嘉淑慎爾止不愆于儀不僭不賊鮮不為則云者謂臣民法王之為德當使稱善而美之則宜慎其舉止不愆於儀而不至於僭差而賊害則民罕有不效以為

法者謂人心樂善惟上所為是效其下章乃刺王之不然其十章曰投我以桃報之以李言有德而應以類也謂上若修德以示下則下當為善以應之也彼童而角實虹小子云者言失所望也謂下當效上之為善而上反為惡使民無所效譬猶當童而反角使小人惑亂而不知所從也荏染柔木言緡之絲溫溫恭人維德之基云者汎言人必先觀其質性之如何也謂木必柔忍然後可以緡絲人必温恭然後可以修德其十一章曰其

維哲人告之話言順德之行其維愚人覆謂我僭民各有心云者又汎言哲人可教愚人不可教如此其下章乃以刺正其十二章曰於乎小子未知臧否匪手攜之言示之事匪面命之言提其耳云者刺王之不可教告而武公自悔也小子者武公自謂也未知臧否者不度可否也言我小子不度可否而欲教告王以善道非徒引其手而指以所從乃取已驗之事以示之欲其信非徒對面語之乃提其耳而告之欲其聽而王終不信聽

也借曰未知亦既抱子民之靡盈誰夙知而莫成云者武公已自悔而又自解也抱持也謂扶持也假使我未知可否而遽教告王然我為卿士當扶持王雖遽教之不為過也惟人不自滿者何人蚤有知而不成其德言自是王心自滿教不可入爾其十三章曰昊天孔昭我生靡樂云者武公自傷丁此時也視爾夢夢我心慘慘誨爾諄諄聽我藐藐匪用為教覆用為虐云者君暗於上臣憂於下臣言甚至而君聽甚忽不以為德而反以

為罪也借曰未知亦聿既耄云者言使我不知如此之難而敎告王然我亦老矣今而不言恐後遂死而不得言也其十四章曰於乎小子告爾舊止聽用我謀庶無大悔云者不忍棄王而不告也言我小子所告爾者非我妄言皆據舊事之已然者庶幾聽我猶可不至於大悔也天方艱難曰喪厥國取譬不遠昊天不忒回遹其德俾民大棘云者急辭也言天方將喪我國不暇遠引前世興亡之驗天之於人福善禍淫不差忒言王為惡

必及禍也而王方為邪辟使民困急言天愛民必降禍罰於王也

桑柔

論曰桑柔之序但云芮伯刺厲王而不言所刺之事蓋厲幽暴虐之王其政昏亂人民勞苦上下愁怨王之過惡甚多故序不能以徧舉也其於兵役亦是暴政之一事宜或有之然考厲王事蹟據國語史記及詩大雅雅皆無用兵征伐之事在此桑柔語文亦無王所征伐之

國凡鄭氏所謂軍旅久出征伐士卒勞苦等事皆非詩義也軍旅久出士卒勞苦是大舉兵也在於朝廷乃一大事宜有所代主名與其勝敗事迹不應詩無明文序又不言旁稽史傳皆無其事不知鄭氏何據而為說也詩曰菀彼桑柔其下侯旬捋采其劉瘼此下民據詩但以桑無葉不能蔭覆人喻王無德不能庇民爾鄭以詩言捋采其劉乃云羣臣恣放損王之德者亦非詩人本意也又曰誰能執熱逝不以濯者厭亂之辭也鄭以為

治國之道當用賢者不惟取喻疎遠又與下文意不聯屬亦非詩義也其餘小失甚多至其本義理自可見故不復具列也毛於刺厲之詩常以昊天上帝為斥王至此一篇鄭獨以昊天為上天鄭旣不從可知毛說非矣

本義曰桑柔捋采病此下民者以桑無葉不能蔭人喻王無德不能庇人也他木皆有枝葉而詩人獨以桑為喻者惟桑以葉用於人常見捋采為空枝而人不得蔭其下故以為喻也四牡騤騤臣吏奔走於道路也旟旐

有翩庶民召集於兵役也此臣民勞苦之辭也暴虐之政臣民勞苦不息則禍亂日生而不可平夷無國不至於泯滅民人雖衆皆為灰燼矣黎衆也此汎言暴政之為害有國必滅有民必盡既則歎嗟哀王為國所行之道方頻急如此也靡所止疑云徂何往者謂欲止則不知所安欲行則不知所往此臣民勞苦怨訴之辭也君子實維秉心無競誰生厲階至今為梗者民歸其咎於上之辭也言諸君子本無彊爭之心而何人生此禍亂

之階為今人之病意若禍有根原其來也遠而今人適遭之爾其實刺禍由王致也我生不辰逢天僤怒謂不幸生此虐王之時天方降怒於王而臣民遭此亂亡之禍也自西徂東靡所定處者不知逃亂之所也多我覯痻孔棘我圉者謂民疲病矣又急迫之以禦捍寇盜為謀為毖亂況斯削者刺王謀事不慎亂日滋而國日削也告爾憂恤誨爾序爵誰能執熱逝不以濯其何能淑載胥及溺者言王之臣遭王虐政如蹈水火也序爵者

謂外則守土公侯伯子男内則在位公卿大夫士也告誨之者謂芮伯也告王以可憂之事誨王以方今外内守土在位之臣皆有去王之心謂遭王暴虐思得賢君以紓患如執熱者孰不思往就水滌濯其煩也既以火喻矣則又曰今羣臣逃禍不暇何能自守善道譬如遇水患者不思逃避以苟免則相與就溺矣是謂厭亂之辭也如彼遡風亦孔之僾者芮伯既以禍亂日滋而國家日削羣臣各懷去就之心以告誨王可憂可恤而王

不能聽如彼嚮風而嘆未必聞也益呼聲者順風則聞速而遠逆風則難故以為喻也民有肅心荓云不逮好是稼穡力民代食者言民本無怠惰之心而不逮於事者言王盡民之力於稼穡而重斂之為羣臣祿食也稼穡維寶代食維好者言稼穡可寶當以祿養賢才而刺王不然也天降喪亂滅我立王降此蟊賊稼穡卒痒哀恫中國具贅卒荒靡有旅力以念穹蒼者言天降喪亂將滅亡我王室而歲又蝗螟為災稼穡盡病哀痛羣臣

具列於位如贅疣而使中國卒至荒亂無有同力以念天災而救患者也其餘鄭氏得其義雖小有不合不害大義者皆可通也故不煩復解

瞻卬

論曰詩云瞻卬昊天則不我惠孔填不寧降此大厲者述民呼天而仰訴之辭也言天不惠養我使久不安而降此大惡謂命此幽王為君故使邦靡有定而士民病也其下遂陳幽王之事也又曰藐藐昊天無不克鞏無

忝皇祖式救爾後者此稱天以戒王之辭也言藐藐昊天無不能鞏固周室無自為敗亂則上不忝先祖下全爾子孫也而毛鄭以昊天皆為斥王者非也又云微箴之者亦非也據詩述幽王有人之土田奪人之民人收無罪而說有罪等事直陳其過惡而斥言之者多矣何假微箴也哲人成城哲婦傾城但謂士多才智者為謀慮則能興人之國婦有才智者干外事則傾敗人國爾此義不待訓解而可知而鄭謂丈夫陽也婦人陰也及

陽動陰靜等語皆其衍說汨亂本義者也匪教匪誨時維婦寺者謂婦人與寺人皆王所親近者其日相親近則不待教誨而習成其性爾言婦寺者舉類而言爾而毛訓寺為近鄭謂近愛婦人寺無訓近之義且詩所刺婦人本不謂疎遠者不暇更言近也婦無公事休其蠶織者謂婦人不當與外事苟無公事則但當樂其蠶織爾休之義當如心逸日休之休而毛鄭以為休息也謂婦止不蠶而于公事考詩之文義不如此也公事者

詩之文義不如此也公事者王后以下所治宫中之内

政及共祭祀之事也

詩本義卷十一

欽定四庫全書

詩本義卷十二

宋 歐陽修 撰

維天之命

論曰維天之命者謂天命文王爾鄭以命為道謂天道動而不止行而不已者以詩下文考之非詩人之本義也序言以太平告文王者謂成王繼紹文武之業於時天下治安乃歸其美於祖考作為歌頌因其祭祀而歌

之其於祭文王也乃述文王有盛德以受天命之事爾葢頌作於成王之時而已其年數早晚不可知亦不必知而鄭謂告太平在周公居攝五年之末者既無所據出於臆說因謂既告之後遂制禮作樂又解駿惠我文王謂為周禮六官之職者皆詩文所無以惑後人者不可不正也

本義曰成王謂天命文王以興周文王中道而崩天命不已王其後世乃大顯文王之德假以及我我其承之

以大順文王之德不敢違又戒其子孫益篤承之也假之為言如不以禮假人之假溢及也如水溢而旁及也成王謙言天本命文王興周而文王不卒遂假以及我爾不言武王主於祭文王也

烈文

論曰詩云錫茲祉福毛以為文王錫之鄭以為天錫之據序言成王新即政諸侯來助祭於廟則祉福當為文武所錫宜從毛義為是無封靡于爾邦是詩人述成王

告在廟諸侯之語云無封不在于爾邦而毛鄭以為無大累於爾邦者非也無競維人四方其訓之鄭於抑箋與此不同亦非詩人之本義也詩人述成王即位之初與羣臣謀政事於廟中則訪落是也王之見于廟也諸侯來助祭已事而去以禮遣之則臣工是也其序皆言詩人所述之事至於烈文之序但云諸侯助祭而不言詩人所述之事其言畧而不備者以詩文甚明而易見故序不復云也今考詩意乃是詩人述成王初見於廟

諸侯來助祭既祭而君臣受福自相勑戒也

本義曰成王祭於廟乃呼助祭之諸侯曰烈文辟公文武錫此祉福矣惠我君臣以無疆之休子孫其永保之無封靡于爾邦者猶言無封不在于爾邦謂有封必于爾邦也言我周之爵命封建于爾邦是先王所以尊崇諸侯諸侯宜念此大功世繼其序而增大之故曰維王其崇之又曰念茲戎功繼序其皇之此君勑其臣之辭也莫彊於人乃以其一身所脩而為四方之訓者王也

其可不顯明其德而使百辟為法乎嗚呼前世之王皆不忘勉彊於此此臣戒其君之辭也

天作

論曰天作高山大王荒之考詩本義但謂天有此高山大王依以為國爾荒者奄有之也鄭氏謂高山為岐山者是也又云天生此高山使興雲雨者衍語也何山不興雲雨乎毛又謂天生萬物於高山大王行道能安天之所作者益非也且物生於平地多而高山少豈獨

能安山生之物乎彼作矣文王康之者作起也彼大王也謂天起高山大王奄有之大王起於此而文王安之彼徂矣岐有夷之行者徂往也謂大王自豳往遷岐夷其險阻而行言艱難也故其下言戒子孫保之也鄭謂彼作矣為作宫室又云岐邦之君有佼易之道者皆非也

時邁

論曰據詩但言時邁其邦昊天其子之實右序有周爾

鄭謂多生賢知使為之臣者詩既無文鄭何從而得此說由鄭以天其子之既為子周矣嬚其下文又云實右序有周義無所屬故贅以多生賢臣之語爾載戢干戈載櫜弓矢鄭謂王巡守而天下咸服不復用兵考武王之事葢天下已定遂收藏兵器而後巡守爾不得云王巡守而天下服也我求懿德肆于時夏允王保之鄭謂我武王求有懿德之士而任用之故陳其功而歌之如鄭之說是武王陳臣下之功而歌頌之其下文云允王

保之者是誰呼武王而戒使長保也鄭於此頌其尤多矣

本義曰時邁者是武王滅紂已定天下以時巡守而其臣作詩頌美其事以為告祭柴望之樂歌也其曰時邁其邦昊天其子之實右序有周者言武王巡守所至之邦昊天子愛之以其能右助我有周也薄言震之莫不震疊者言武王巡守諸國聊警動之而諸侯皆警懼而脩職也莫不者非一之辭也懷柔百神及河喬嶽允王

維后者言武王又來安和其山川百神信矣我王真天下之君也明昭有周式序在位者言顯昭有周之命以序諸侯之在位者謂時邁所至之邦考其功過而黜陟之皆天子巡狩所行之事也作頌者既已述巡守之事乃於卒章頌周之功德以告神因以戒王曰載戢干戈載櫜弓矢者言王以武除暴亂成功而兵不用也又曰我求懿德肆于時夏者我者作頌之臣自我也言我求周之美德陳于是夏而歌之遂戒王曰信矣王宜保守

之

思文　臣工

論曰思文曰貽我來牟臣工又曰於皇來牟毛但以牟為麥而鄭於思文謂武王渡孟津白魚躍入王舟出涘以燎後五日火流為烏五至以穀俱來此出於今文尚書偽泰誓之文也故於臣工又云赤烏以牟麥俱來甚矣漢儒之好怪也生民曰誕降嘉種維秬維秠維穈維芑毛謂詩言誕降者天降也鄭遂云天應堯之顯后稷

為之下此四穀之嘉種葢毛鄭於生民已為天降四穀之說至於思文臣工又為此說不獨鄭氏之失毛意似亦同也書稱后稷播時百穀者葢其為舜教民耕殖以足食爾如後世有勸農之官也非謂堯舜已前地無百穀而民不粒食待天降種與后稷而後有也然則百穀草木其有固已久矣安知四穀之降為后稷而降也使天有顯然之跡特為后稷降此四穀其降在於何地自周秦戰國之際去聖遠而異端起奇書怪說不可勝道

而未嘗有天為后稷降種之説詩又無明文但云誕降則毛鄭何據而云天為后稷降種也可謂無稽之言矣是以先儒雖主毛鄭之學者亦覺其非但云詩人美大其事推天以為言爾然則毛鄭於后稷喜為怪説前後不一也自秦焚書之後漢初伏生口傳尚書先出而秦誓三篇得於河内女子其書有白魚赤烏之事其後魯恭王壞孔子宅得真尚書自有秦誓三篇初無怪異之説由是河内女子秦誓世知非真棄而不用先儒謂之

僞泰誓然則白魚赤烏之事甚為繆妄明智之士不待論而可知然毛鄭之説既存汨亂經義則中人以下不能無惑不可以不正也牟者百穀中一穀爾自漢以前已有此名故孟子亦言麰麥然言麰又言麥則明非一物葢麥類也而後之學者以麥不當有二名因以麰為大麥然謂麰為麥之類或為大麥理尚可通若謂來牟為麥則非爾且毛鄭所據僞泰誓但云以穀俱至則在百穀之中不知為何穀是毛鄭妄信僞書不可知之穀

臆度以為麥而苟欲遷就來牟之說爾古今諸儒謂來牟為麥者更無他書所見直用此一頌毛鄭之說爾是以來牟為麥始出毛鄭而二家所據乃臆度偽泰誓不可知之言爾其可信哉爾雅釋草載詩所有諸穀之名黍稷稻粱之類甚多而獨無麥謂之來牟是毛公之前說詩者不以來牟為麥可知矣然來牟既不為麥而於爾雅亦無他解詁旁考六經牟無義訓多是人名地名爾然則闕其不知可也來牟之義既未詳則二篇之義

亦當闕其所未詳

敬之

論曰敬之一章毛鄭失其義者三四則所得者幾何也陟降厥士日監在兹毛但易士為事而都無其說鄭遂云天上下其事謂轉運日月施其所行且天之蒼然在上者一氣也運行晝夜照臨萬物者日月之明也其所以降監善惡禍福於人者乃天之至神也而鄭氏遂言天運日月以日月瞻視何其淺也緝熙詩書之常語也

而毛鄭常以為光明至於此頌云學有緝熙于光明然則緝熙不為光明可以悟矣而二家對執遂云學有光明于光明謂賢中之賢此豈為通義哉示我顯德行者成王荅羣臣見戒之意爾鄭謂成王自知未能成文武之功周公始有居攝之志且周公所以居攝者以成王初崩成王幼未能視事遂代之攝行政事爾葢自武王崩之初即攝政也豈待嗣君祭廟見羣臣自陳不能於詩頌然後始有居攝之意邪況考詩文了無此語鄭氏

之旨不惟衍說實惑後人不可以不正也命不易哉當為難易之易毛鄭以為變易之易者非也

本義曰羣臣之戒成王曰敬之哉天道甚顯然其命不易無以天高為去人遠凡一士之微其陟降天常監視之況於王者乎其舉止善惡天監不遠也命不易哉云者言王者積功累仁至於受命而王甚艱難也成王乃答羣臣見戒之意為謙恭之辭曰維予小子不聰明於敬天之道但當以日月勉彊積學而增緝廣大至於其

道光明然更賴羣臣輔助我所負荷之任而告示我以顯然可修之德行也

酌

論曰於鑠王師遵養時晦毛傳但云遵率養取晦昧而更無他說為養疏者述其意云率此師以取是闇昧之君謂誅紂以定天下則毛公謂於鑠王師者武王之師也鄭箋云文王之用師率叛國以事紂則鄭又以為文王之師也二說自相違異毛謂武王之師是矣而遵養

時晦毛鄭之說皆非也養之為言不待訓詁而其義自明毛訓為取者苟欲曲就己之說爾遵養當連言及下時晦共為一事而毛鄭皆斷遵一字獨為一義而養時晦又為一義如此豈成文理毛以遵為率師鄭謂遵為文王率殷之叛國以事紂且毛謂率師猶以上文有王師之言如鄭之說是詩人但著一遵字而使後世知是文王率殷之叛國以事紂此鄭之臆說穿鑿可知矣毛謂武王率師以取闇君雖非詩人所謂遵養時晦之義

然率師取紂實是武王之事但詩人之意與毛不同爾若鄭謂文王養紂以老其惡者是厚誣文王也紂為暴虐比干直諫以死孔子目為殷之仁人蓋比干非不知紂之不可諫然不忍棄其君而不救其惡致陷於禍敗遂冒死以進者猶兾可救於萬一孔子以其愛君之意篤故以仁人目之如鄭所謂文王者異乎仁人之用心矣孔子於湯武之事心甚非之其於論樂云武王盡善略見其意而無明言以貶之但咨嗟歎息極稱文王之

美而已美於此則非於彼可知矣此聖人之深意也茍如鄭說則文王幸紂為不善養成其惡利而取之此小人尚或不為而孔子尚何極稱其美哉是故知文王之用心者惟孔子一言而為萬世信者亦惟孔子也由是言之鄭氏可謂厚誣矣鄭氏此說近世學者多以為非而著論以辨之余於此頌因衆論而正之也

本義曰於鑠王師者美武王之師也遵養時晦者循養以自晦之道謂有師而不耀其威武養之以晦也時純

熙矣是用大介者介助也時至而後動乘時而興用王師為大助也謂周興以德不專用武以師助其興爾我龍受之者謂武王之功興此王業成王寵受而承之也蹻蹻王之造言蹻蹻然武功武王之所為也載用有嗣者謂後世能承其業為有嗣矣實維爾公者武王用師實天下之至公信可謂天師矣

有駜

論曰有駜之義毛以為馬肥彊貌又謂馬肥彊則能升

高進遠臣彊力則能安國據詩但說乘馬肥彊爾毛以喻臣能彊力已為行說而鄭又謂喻僖公用臣必先足其禄食則莫不盡忠意謂畜馬者必先豐其養飼養飼豐則馬肥彊馬肥彊則能盡力以喻養臣者必先豐其禄食禄食足則臣盡忠者皆詩文所無此又妄意詩人而委曲為說故失詩之義愈遠也振振鷺鷺于下毛以為興潔白之士鄭又謂僖公君臣無事相與明義明德而已潔白之士羣集於君之側君與之飲酒鄭所謂君

臣明義明徳者解在公明明也故為義疏者廣鄭之説謂僖公君臣既明徳義則潔白之士慕其所為羣集於朝因謂在公為舊臣振鷺為新來之士不惟詩無明文妄為分别非詩之本義若以首章之義如鄭説則舊臣夙夜在公而新來之士飲酒醉舞此豈近於人情所以然者皆由委曲生意為衍説以自累也據序言頌君臣之有道者謂僖公君臣知治國之道致其國治民安然後君臣燕樂有威儀爾振鷺取其能自修潔翔集有威

儀也鄭於周頌箋傳是矣

本義曰有駜有駜駜彼乘黄者僖公寵錫其臣車馬之盛也夙夜在公在公明明者其臣修其官稱其車服之謂也在公明明者謂修明其職也振振鷺鷺于下鼓咽咽醉言舞于胥樂兮者言其羣臣能自修潔有威儀君臣燕飲以相樂也胥相也其先言在公而後言胥樂者先公而後私也下章飲酒載燕其義皆同卒章箋傳是矣

邪

論曰詩云寘我鞉鼓毛鄭皆讀寘為植謂三代之鼓異制夏足鼓殷植鼓周縣鼓湯伐桀定天下作濩樂始用植鼓故詩人歎美之者非也如毛鄭之說鞉貫而搖之非植鼓則寘不讀為植已可知矣且詩人稱頌成湯之功德當舉其大者如正域彼四方奄有九有聖敬日躋式于九圍武王載旆有虔秉鉞之類是也湯作大濩雖是成功之樂詩人欲歌頌之亦必舉其大者據禮家之

說三代器服無一物相襲者至於樂舞其器甚衆商人改夏制者不可勝數不獨植鼓也鼓衆樂器中一器爾鞉器之尤小者也商人歌頌成湯功德不應遺大舉小若曰植鼓取其變夏制而立殷制則器服變制大者頗多又況鞉非植鼓乎書曰下管鞉鼓葢自虞夏以來舊物常用者詩人必不引以為成湯之美事以此可知毛鄭之非也據序云那祀成湯也若依序說商人作頌以為祀湯之樂歌述其祀時樂舞之盛以衎樂先祖則得

之矣古人作頌之體此類甚多如周頌我將祀文王但述祀時羊牛肥腯執競祀武王亦言祀時鐘鼓管磬之類是也頌曰湯孫奏假毛謂湯孫者成湯也言湯善為人子孫也鄭謂湯孫者太甲也二家之説皆非也且湯孫者當是湯之孫爾若以湯為孫則是商人謂其先祖為孫理豈得通鄭以湯孫為太甲者但以世數數之太甲於湯為孫爾至烈祖祀中宗又云湯孫之將殷武祀高宗又云湯孫之緒則那所謂湯孫者不得為太甲也

頌言湯孫者斥主祀之時王爾自太甲以下至紂皆可為湯孫不知頌作於何時所斥者何王爾蓋商有天下六百年而為周自天下為周而微子封於宋又四百餘年而孔子始得商頌於宋宋之禮壞樂崩久矣其頌亡失之餘纔五篇僅存爾當孔子得頌時已不知其作於何王之世也然則湯孫不如是商之何王鄭以為太甲者妄意而言爾置當讀如置器之置綏我思成者綏安也思語助也安然而成者謂下章所陳管磬和調而成

聲也毛引禮記齊日之說亦非也思讀如不可射思之思

本義曰猗那之頌詩人述商王祀其先祖成湯美其樂舞及其助祭諸侯與其執事之臣皆由商王之能將其事也其述樂也先自其小者故先言鞉鼓次言管磬次言庸鼓次言萬舞皆述其聲容之美又言諸侯助祭者皆悅懌羣臣執事者皆恭恪一章三稱其主祀之時王而謂之湯孫者言其能主商祀之烝嘗可謂湯之子孫

美其大義止於如此爾其始云湯孫奏假者言能奏此樂而升薦之鄭解假為升是也其又云於赫湯孫者謂於赫湯之孫也詩人作此頌以為祀成湯之樂歌其言湯孫能修祀事則可若於赫者盛美之辭也不應自稱盛美之稱以誇其先祖故當為於赫湯之孫也卒云湯孫之將者謂能將祀事也其述樂先小者而間稱湯孫至於再三者葢詩無定體作者之意或然也

烈祖

論曰序言烈祖祀中宗則嗟嗟烈祖者中宗也鄭執那頌烈祖以為成湯者非也如丙以甲為祖戊亦可以丙為祖矣此古今人之常也是則湯之後世以湯為祖中宗之後世以中宗為祖此常事也何必曲為之說哉辭云亦有和羹既戒既平鬷假無言時靡有爭毛訓假為大而已鄭謂和羹喻諸侯有和順之德者非也其失自左氏傳春秋也左傳魯昭二十年晏子為齊侯陳和同之異云和如羹焉者其意本譏齊侯與子猶同欲不得

為和也因引和羮為喻以謂和者鹹酸異味相濟為和
以喻君臣以可否相濟為和故曰君臣亦然因引此頌
云亦有和羮但謂羮當以五味相和爾古人引詩喻事
多不用詩本義但取其一句足以曉意而已如鵲巢本
述后妃而魯穆叔引以喻晉君有國而趙孟治之之類
是也方晏子引頌和羮雖非詩義而未為甚失鄭則不
然據詩上言既載清酤下言亦有和羮乃是直陳祭時
酒與羮爾鄭何據而為喻諸侯哉詩無明文乃是臆說

也至於鄭解䕺假無言以為諸侯助祭緫升堂而齊一寂然無言而杜預注左氏傳言緫大政能使上下皆如和羮以此見先儒各用其意為解以就成巳説豈是詩人本意也至如詩云來假來饗降福無疆假至也據詩但言神至而饗乃降福爾由鄭訓假為升遂云諸侯助祭者來升堂獻酒而神饗且諸侯助祭古無獻酒之禮今詩又無明文亦鄭之臆説也

本義曰嗟嗟我烈祖中宗以其有常之福申錫無疆及

爾時主祀之王也既載清酤賚我思成謂以清酒祼獻而神賚我使成祀事也亦有和羹者言調和此羹之人謂膳夫也既戒既平者戒慎其事也鬷假無言時靡有爭者謂執事之臣總至無喧譁又不交侵其職位以見在廟之人皆肅恭而舉動得禮所以神明錫以眉壽黄耉之福也約軧錯衡八鸞鶬鶬者此謂助祭之諸侯也以假以享者謂諸侯既至而助享也我受命溥將自天降康豐年穰穰者我時王受天命溥將此祭祀而

天降豐穰使我備物而祭致神歆饗而降福也上云以享者謂諸侯來助祭致享於神也下云來饗者謂神來至而歆饗也

長發

論曰帝立子生商帝上帝也而鄭以為黒帝鄭惑讖緯其不經之説汩亂六經者不可勝數學者稍知正道自能識為非聖之言然今著於箋以害詩義不可以不去也至玄王桓撥又云承黒帝而立子者亦宜去也書稱

格王正厥事寧王遺我大寶龜商頌亦云武王載旆之類甚多葢古人往往以美稱加王爾玄者深微之謂也老氏言玄之又玄是矣不必為黑也苞有三櫱莫遂莫達九有有截韋顧既伐昆吾夏桀毛以苞為本櫱為餘訓詁是矣鄭何據而為三王之後乎考文求義謂一本而生三櫱也然則大者為本小而附者為櫱夏所謂本也韋也顧也昆吾也所謂三櫱也達生長也謂此三櫱莫能遂達其惡皆伐而去之并拔其本也其曰九有有

截者葢湯已為天下所歸用此九有之師以伐三蘖并其本而去之也

詩本義卷十二

詩本義卷十三

宋 歐陽修 撰

一義解

甘棠美召伯也其詩曰蔽芾甘棠勿翦勿伐召伯所茇毛鄭皆謂蔽芾小貌茇舍也召伯本以不欲煩勞人故舍於棠下棠可容人舍其下則非小樹也據詩意乃召伯死後思其人愛其樹而不忍伐則作詩時益非小樹

美毛鄭謂蔽芾爲小者失詩義矣蔽能蔽風日俾人舍其下也芾茂盛貌蔽芾乃大樹之茂盛者也

日月衛莊姜遭州吁之難傷已不見荅於先君也其詩曰日居月諸東方自出父兮母兮畜我不卒者謂父母不能畜養我終身而嫁我於衛使至困窮也女無不嫁其曰畜我不卒者困窮之人尤怨之辭也鄭謂莊姜尊莊公如父母而遇我不終者非也妻之事夫尊親如父母義無此理也

谷風刺夫婦失道也衛人淫於新昏而棄其舊室其詩曰毋逝我梁毋發我笱我躬不閱遑恤我後者舊室被棄之辭也禁其新昏毋發我笱者言棄妻將去猶顧惜其家之物旣而嘆曰我身尚不容安能恤其後事乎以見其妻雖去而猶不忘其家所以深嫉其夫也鄭謂禁其新昏毋之我家以取我室家之道者非也蓋舊室所以見棄者為有新昏爾尚安能禁其毋之我家乎又云何暇憂我後所生之子孫者亦非也據詩意後後事也

簡兮刺不用賢也衛之賢者仕於伶官也其詩曰有力如虎執轡如組左手執籥右手秉翟者謂此賢者才力皆可任用而反使之執籥秉翟為伶官也萬舞正是惜其非所宜為也豈以為能哉矧能籥舞豈足為文武道備鄭云能籥舞言文武道備者非也

木瓜美齊桓公也衛國有狄人之敗桓公救而封之衛人思之欲厚報也其詩曰投我以木瓜報之以瓊琚匪報也永以為好也鄭謂欲令齊長以為玩好結己國之

思者非也詩人但言齊德于衛衛思厚報永為兩國之好爾好當如繼好息民之好木瓜薄物瓊琚寶玉取厚報之意爾豈以為玩好也

蘀兮刺忽也君弱臣強不倡而和也其詩曰蘀兮蘀兮風其吹女鄭謂風喻號令喻君有政教臣乃行之近得之矣又曰叔兮伯兮倡予和女毛謂君倡臣和是矣鄭謂羣臣無其君自以強弱相服女倡矣我則和之者非也詩人本謂蘀須風吹則動臣須君倡則和爾如鄭之

說與上文意不相屬非詩人之本義國君以伯叔稱其臣者葢大臣也

野有蔓草民窮於兵革男女失時思不期而會也其詩曰野有蔓草零露漙兮有美一人清揚婉兮邂逅相遇適我願兮此詩文甚明白是男女昏娶失時邂逅相遇於野草之間爾何必仲春時也周禮言仲春之月會男女之無夫家者學者多以此說為非就如其說乃是平時之常事兵亂之世何待仲春鄭以蔓草有露為仲春

遂引周禮會男女之禮者衍說也

伐檀刺貪也在位貪鄙無功受禄君子不得仕進也其

詩曰坎坎伐檀兮寘之河之干兮河水清且漣漪毛謂

伐檀以俟世用若俟河水清且漣如毛之說是寘檀於

濁河之側以俟河清不可得也據詩文乃寘檀於清河

之側爾初無俟清之意知毛之說非也詩人之意謂伐

檀將以為車行陸而寘於河干河水雖清漣然檀不得

其用如君子之不得仕進莫能施其用矣其下章伐輻

伐輪義皆同也

羔裘晉人刺其在位不恤其民也其詩曰羔裘豹袪自我人居居豈無他人維子之故鄭謂此民卿大夫采邑之民爾又云我不去者念子故舊之人據詩乃晉人述其國民怨上之辭云我豈無他國可往猶顧子而不去爾在位者晉國執政之大臣民於上位何論故舊序但云不恤其民鄭何據而限以卿大夫采邑皆曲說也

七月陳王業也其詩曰三之日于耜四之日舉趾同我

婦子饁彼南畆田畯至喜據詩農夫在田婦子往饁田

大夫見其勤農樂事而喜爾鄭易喜為饎謂饎酒食也

言餉婦為田大夫設酒食也鄭多改字前世學者已非

之然義有不通不得已而改者猶所不取況此義自明

何必改之以曲就衍說也

南山有臺樂得賢也其詩曰南山有臺北山有萊樂只

君子邦家之基鄭謂山有草木以自覆蓋成其高大喻

人君有賢臣以自尊顯者非也考詩之義本謂高山多

草木如周大國多賢才爾且山以其高大故草木託以生也豈由草木覆盖然後成其高大哉

菁菁者莪樂育材也君子能長育人材則天下喜樂之矣其詩曰菁菁者莪在彼中阿既見君子樂且有儀育材之道博矣人之材性不一故善育材者各因其性而養成之或教於學或命以官勸以爵禄勵以名節使人人各極其所能然則君子所以長育之道亦非一也而鄭氏引禮家之說曰人君教學國人秀士選士俊士造

士進士養之以漸至於官之者拘儒之狹論也又曰既教學之又不征役者衍說也既見君子樂且有儀謂此君子樂易而有威儀爾樂易所以容衆有儀所以爲人法也而鄭謂有官爵然後得見君子見則心喜樂又以禮義見接者亦衍說也鄭氏解詩常患以衍說害義如其所說則未仕之人不見君子而不得教育矣

采芑宣王南征也其詩稱述將帥師徒車服之盛威武之容而其首章曰薄言采芑于彼新田于此菑畝者言

宣王命方叔為將以伐荆蠻取之之易如采芑爾芑苦菜也人所常食易得之物于新田亦得之于菑畝亦得之如宣王征伐四夷所往必獲也其言采芑猶令人云拾芥也其所以往而必得之易者由命方叔為將而師徒車服之盛威武之容如詩下章所陳是也毛鄭於此篇車服物名訓詁尤多其學博矣獨於采芑之義失之以謂宣王中興必用新美天下之士鄭又謂和治軍士之家而養育其身可謂迂疎矣

頍弁刺幽王也暴戾無親孤危將亡也其詩曰如彼雨雪先集維霰箋云喻幽王不親九族亦有漸自微至甚如先霰後大雪非詩意也考詩之意非謂不親九族有漸謂其危亡有漸爾謂國將亡必先離其九族如雪將降必先下霰見霰知必有雪見九族離心知必亡國必然之理也故其下文云死喪無日無幾相見也

魚藻刺幽王也言萬物失其性王居鎬京將不能以自樂故君子思古之武王焉其詩曰魚在在藻有頒其首

王在在鎬豈樂飲酒鄭謂魚之依水草猶人之依明王明王之時魚處於藻得其性則肥充詩之言有述事者有比物者一句之中不能兼此兩義也魚藻述事之言也詩人謂幽王時萬物失其性而不安其生王亦將不能長有其樂也乃思古武王之時萬物得其性故王亦安其樂其言魚在在藻者言萬物之得其性也王在在鎬者謂武王安其樂爾其義止於如此而已鄭謂魚依水草如人依明王者非詩人之本意也

板刺厲王也其詩曰上帝板板下民卒癉者上帝天也其民呼天而訴曰上帝板板者謂天宜愛養下民而今反使民皆病也其意如此而已毛鄭以為上帝斥王者非也其下云天之方難又以為斥王者亦非也天之方蹶方虐方懠及天之牖民皆呼天而訴之辭也其謂天之方虐者天不宜酷虐蓋民怨尤之辭猶言天未悔禍也苟如鄭説其卒章云敬天之怒又豈得為斥王乎故凡言天者皆謂上天也

雲漢仍叔美宣王也遇烖而懼側身修行欲消去之其詩曰昊天上帝則不我遺胡不相畏先祖于摧毛訓摧為至初無義理鄭又改摧為嗺嗟也改字先儒不取據詩摧當為摧壞之義謂旱既大甚人民饑饉不能為國則將摧壞先祖之基業爾故其下章又云父母先祖胡寧忍予者其義同也而毛鄭皆謂先祖文武為民父母者亦非也葢詩人述宣王訴于父母及先祖爾

召旻凡伯刺幽王大壞也其詩曰旻天疾威天篤降喪

又云天降罪罟皆述周之人民呼天而怨訴之辭也其義與瞻卬同而毛鄭常以為斥王者皆非也

有客微子來見祖廟也其詩曰有客有客亦白其馬毛以為亦周鄭以為亦武庚者其說皆非也毛鄭之意謂亦者又也有因之辭也以謂彼既為是此又為是者為亦也其謂亦周亦武庚者謂周人與武庚乘白馬而微子亦乘白馬也今考詩之文不然詩言亦者多矣若抑曰哲人之愚亦維斯戾者似因上文先述庶人之愚然

庶人之愚自云亦職維疾則又無所因以此知其不然也卷阿曰鳳凰于飛亦集爰止鄭以為亦衆鳥其義不通已見别論至其下章又云亦傅于天則鄭更無所説菀柳曰有鳥高飛亦傅于天鄭亦無所説葢其義不通不能為説也至於人亦有言亦孔之哀民亦勞止之類甚多皆非有所因葢亦者詩人之語助爾然則亦白其馬者直謂有客乘白馬爾况詩無周及武庚之文二家妄自為説所以不同也

閟宮頌僖公也其詩曰赫赫姜嫄其德不回上帝是依無災無害彌月不遲毛謂上帝是依依其子孫鄭謂依其身也天依憑而降精氣鄭之此說是用履帝武敏歆之說也其言怪妄生民之論詳之矣而毛謂依其子孫者亦非也其上下文方言姜嫄生后稷時事與上帝依其子孫文意不屬據詩意依猶賴也謂上帝是賴者言姜嫄賴天帝之靈而生后稷無災害爾

取舍義

緑衣衛莊姜傷已也言妾上僭夫人失位也其詩曰緑兮衣兮緑衣黄裏毛謂緑閒色黄正色者言閒色賤反為衣正色貴反為裏以喻妾上僭而夫人失位其義甚明而鄭改緑為禒謂禒衣當以素紗為裏而反以黄先儒所以不取鄭氏於詩多改字余謂六經有所不通當闕之以俟知者若改字以就已說則何人不能為説何字不可改也況毛義甚明無煩改字也當從毛

旄丘責衛伯也狄人迫逐黎疾寓于衛衛不能修方伯

連率之職黎之臣子以責于衛也其卒章曰叔兮伯兮褎如充耳毛謂大夫褎然有尊盛之服而不能稱鄭謂充耳塞耳也言衛諸臣如塞耳無聞知也據詩四章皆責衛之辭其卒章云充耳者謂衛諸臣聞我所責如不聞也鄭義為長當從鄭

出其東門閔亂也鄭公子五爭兵革不息男女相棄思保其室家焉其詩曰出其闉闍有女如荼毛謂荼英荼也言皆喪服也鄭謂荼茅秀物之輕者飛行無常考詩之

意云如荼者是以女比物也毛謂喪服疎矣且棄女不當喪服而下文雖則如荼匪我思且言女雖輕美匪我所思爾以文義求之不得為喪服當從鄭

敝笱刺文姜也魯桓公微弱不能防閑文姜使至淫亂其詩曰敝笱在梁其魚魴鰥毛謂鰥大魚也鄭謂鰥魚子也孔頴達正義引孔叢子言鰥魚之大盈車則毛謂大魚不無據矣鄭改鰥字為鯤遂以為魚子其義得失不較可知也詩人之意本以魯桓弱不能制強則敝笱

不能制大魚是其本義苟如鄭說則小猶不能制大則可知義亦可通然鰥為大魚非毛臆說又其下文言從者如雲雨是其黨衆盛恣行無所畏忌以見齊子強盛宜以大魚為比皆當從毛

載驅齊人刺襄公也盛其車服與文姜淫播其惡於萬民焉其詩曰四驪濟濟垂轡濔濔魯道有蕩齊子豈弟毛云言文姜於是樂易然者謂文姜為淫穢之行曾不畏忌人而襄公乘驪垂轡而行魯道文姜夷然樂易無

慚恥之色也其義甚明鄭改豈字為闓轉引古文尚書以弟為圛而訓圛為明以為闓明猶發夕也迂踈甚矣當從毛

園有桃刺時也大夫憂其君儉嗇不能用其民也其詩曰園有桃其實之殽毛謂園有桃其實之食國有民得其力鄭謂魏君薄公税省國用不取於民食園桃而已考詩之意本刺魏君儉嗇不能用其民者謂不知為國者用有常度其取於民有道而過自儉嗇爾非謂其不

取於民但食桃也桃非終歲常食之物於理不通其曰園有桃其實之殽謂園有桃尚可取而食況國有人民反不能取之以道至使國用不足而為儉嗇乎毛說為是當從毛

椒聊刺晉昭公也君子見沃之盛強知其蕃衍盛大子孫將有晉國焉其詩曰椒聊之實蕃衍盈升彼其之子碩大無朋毛謂朋比也鄭謂平均無朋黨彼其之子曲沃桓叔也詩人但憂桓叔盛大將奪晉國本不美其為

政平均也毛以朋為比比者以類相附之謂也無朋者謂桓叔盛大無與為比謂其特盛出於倫類也義當從毛

綢繆刺晉亂也國亂則昏姻不得其時其詩曰綢繆束薪三星在天毛謂三星參星也男女待禮而成若薪芻待人事而後束鄭謂三星心星也二月之合宿故嫁娶者以為候今我束薪於野乃見在天則三月之末四月之中見於東方矣故云不得其時參心皆三星而知鄭

義為得者以其所見之月候嫁娶早晚為有理毛以束

薪喻男女成昏於義不類鄭謂因束薪於野而見天星

義簡而直故皆當從鄭

蜉蝣刺奢也昭公國小而迫好奢而任小人也其詩曰

蜉蝣之羽衣裳楚楚考詩之意謂曹國迫小而昭公無

法自守將至危亡但好奢侈而整飾其衣服楚楚然如

蜉蝣雖有羽翼不能久生也鄭謂不知君臣死亡無日

如渠略者是也毛謂渠略猶有羽翼以自修飾則是昭

公不能修飾衣服不如渠略爾與詩之義正相反也當從鄭

下泉思治也曹人疾共公侵刻下民也其詩曰冽彼下泉浸彼苞稂毛謂稂童梁非溉草得水而病鄭謂稂當作涼涼草蕭蓍之屬毛鄭皆謂泉流浸病其草知共公為政困病其民大意則同但稂為童梁其義自通何煩改字理當從毛

楚茨刺幽王也其詩曰或肆或將毛謂肆者陳于牙將

者齊于肉鄭謂或肆其骨體于俎或奉持而進之詩之大義毛鄭皆得之無所違異惟此一句雖不害大義然各為一說使學者莫知所從以理考之當從鄭

元鳥祀高宗也其詩曰天命元鳥降而生商毛謂春分元鳥降有娀氏女簡狄配高辛氏帝帝適與之祈於郊禖而生契故本其為天所命以元鳥至而生焉古今雖相去遠矣其為天地人物與今無以異也毛氏之說以今人情物理推之事不為怪宜其有之而鄭謂吞鳦卵

而生契者怪妄之説也秦漢之間學者喜為異説謂高辛氏之妃陳鋒氏女感赤龍精而生堯簡狄吞鳦卵而生契姜嫄履大人迹而生后稷高辛四妃其三皆以神異而生子葢堯有盛德契稷後世皆王天下數百年學者喜為之稱述欲神其事故務為竒説也至帝摯無所稱故獨無説鄭學博而不知統又特喜讖緯諸書故於怪説尤篤信由是言之義當從毛

詩本義卷十三

詩本義卷十四

宋 歐陽修 撰

時世論

案鄭氏譜周南召南言文王受命作邑於豐乃分岐邦周召之邑為周公旦召公奭之采地使施先公太王王季之教於已所職六州之國其民被二公之德教尤純至武王滅紂巡守天下陳其詩以屬太師分而國之其

得聖人之化者繫之周公謂之周南其得賢人之化者繫之召公謂之召南今考之于詩義皆不合而為其說者又自相牴牾所謂被二公之德教者是周公旦召公奭所施太王王季之德教爾今周召之詩二十五篇關雎葛覃卷耳樛木螽斯桃夭兔罝芣苢皆后妃之事鵲巢采蘩小星皆夫人之事夫人乃太姒也麟趾騶虞皆后妃夫人德化之應草蟲采蘋殷其雷皆大夫妻之事漢廣汝墳羔羊摽有梅江有汜野有死麕皆言文王之

化蓋此二十二篇之詩皆述文王太姒之事其餘三篇甘棠行露言召伯聽訟何彼禯矣乃武王時之詩烏有所謂二公所施先公之德教哉此以譜考詩義皆不能合者也譜言得聖人之化者謂周公也得賢人之化者謂召公也謂旦奭共行先公之德教而其所施自有優劣故以聖賢别之爾今詩所述既非先公之德教而二南皆文王太姒之事無所優劣不可分其聖賢所謂文王太姒之事其德教自家刑國皆其夫婦身自行之以

化其下又從而變紂之惡俗成周之王道而著於歌頌爾葢譜謂先公之德敎者周召二公未甞有所施而二南所載文王太姒之化二公亦又不得而與然則鄭譜之説左右皆不能合也後之爲鄭學者又謂譜言聖人之化者爲文王賢人之化者爲太王王季然譜本謂二公行先公之敎初不及文王則爲鄭學者又自相牴牾矣今詩之序曰關雎麟趾之化王者之風故繫之周公鵲巢騶虞之德諸侯之風故繫之召公至于關雎鵲巢所

述一太姒爾何以為后妃何以為夫人二南之事一文王爾何以為王者何以為諸侯則序皆不通也又不言作詩之時世蓋自孔子沒羣弟子散亡而六經多失其旨詩以諷誦相傳五方異俗物名字訓往往不同故於六經之失詩尤甚詩三百餘篇作非一人所作非一國先後非一時而世久失其傳故於詩之失時世尤甚周之德盛於文武其詩為風為雅為頌風有周南召南雅有大雅小雅其義類非一或當時所作或後世所述故

於詩時世之失周詩尤甚自秦漢已來學者之說不同多矣不獨鄭氏之失也昔孔子嘗言關雎矣曰哀而不傷太史公又曰周道缺詩人本之衽席而關雎作而齊魯韓三家皆以為康王政衰之詩皆與鄭氏之說其意不類蓋常以哀傷為言由是言之謂關雎為周衰之作者近是矣周之為周也遠自上世積德累仁至于文王之盛征伐諸侯之不服者天下歸者三分有二其仁德所及下至昆蟲草木如靈臺行葦之所述蓋其功業盛

大積累之勤其來遠矣其威德被天下者非一事也太姒賢妃又有内助之功爾而言詩者過為稱述遂以關雎為王化之本以謂文王之興自太姒始故於衆篇所述德化之盛皆云后妃之化所致至于天下太平麟趾與騶虞之瑞亦以為后妃功化之成效故曰麟趾關雎之應騶虞鵲巢之應也何其過論歟夫王者之興豈專由女德惟其後世因婦人以致衰亂則宜思其初有婦德之助以興爾因其所以衰思其所以興此關雎之所

以作也其思彼之辭甚美則哀此之意亦深其言緩其意遠孔子曰哀而不傷謂此也司馬遷之於學也雖博而無所擇然其去周秦未遠其為說必有老師宿儒之所傳其曰周道缺而關雎作不知自何而得此言也吾有取焉昔吳季札聞魯人之歌小雅也曰思而不貳怨而不言其周德之衰乎猶有先王之遺民焉而太史公亦曰仁義陵遲鹿鳴刺焉然則小雅者亦周衰之作也周頌昊天有成命曰二后受之成王不敢康所謂二后

者文武也則成王者成王也猶文王之為文王武王之為武王也然則昊天有成命當是康王已後之詩而毛鄭之説以頌皆是成王時作遂以成王為成此王功不敢康寧執競曰執競武王無競維烈不顯成康上帝是皇自彼成康奄有四方所謂成康者成王康王也猶文王武王謂之文武爾然則執競者當是昭王已後之詩而毛以為成大功而安之鄭以為成安祖考之道皆以為武王也據詩之文但云成康爾而毛鄭自出其意各

以增就其已說而意又不同使後世何所適從哉噫嘻曰噫嘻成王者亦成王也而毛鄭亦皆以為武王由信其已說以頌皆成王時作也詩所謂成王者成王也成康者成王康王也豈不簡且直哉而毛鄭之說豈不迂而曲也以為成王康王則於詩文理易通如毛鄭之說則文義不完而難通然學者捨簡而從迂捨直而從曲捨易通而從難通或信焉而不知其非或疑焉而不敢辨者以去詩時世遠茫昧而難明也余於周南召南辨

其不合者而關雎之作取其近是者焉蓋其說合於孔子之言也若雅也頌也則辨之而不敢必而有待夫毛鄭之失患於自信其學而曲遂其說也若余又將自信則是笑奔車之覆而疾驅以追之也然見其失不可以不辨辨而不敢必使余之說得與毛鄭之說並立於世以待夫明者而擇焉可也

本末論

關雎鵲巢文王之詩也不繫之文王而下繫之周公召

公召公自有詩則得列於本國周公亦自有詩則不得列於本國而上繫於豳豳大王之國也考其詩則周公之詩也周召周公召公之國也考其詩則文王之詩也何彼襛矣武王之詩也不列於雅而寓於召南之風常棣周公之詩也不列於周南而寓於文王之雅衛之詩懿公之詩也或繫之邶或繫之鄘或繫之衛詩述在位之君而風繫已亡之國晉之為晉久矣不得為晉而謂之唐鄭去咸林而徙河南仍其舊號而遂得為鄭自漢

已來其說多矣葢詩之類例不一如此宜其說者之紛然也問者曰然則其將奈何應者曰吾之於詩有幸有不幸也不幸者逺出聖人之後不得質吾疑也幸者詩之本義在爾詩之作也觸事感物文之以言美者善之惡者刺之以發其揄揚怨憤於口道其哀樂喜怒於心此詩人之意也古者國有采詩之官得而録之以屬太師播之於樂於是考其義類而别之以為雅頌而比次之以藏於有司而用之宗廟朝廷下至鄉人聚會此太

師之職也世久而失其傳亂其雅頌亡其次序又采者積多而無所擇孔子生於周末方修禮樂之壞於是正其雅頌刪其繁重列於六經著其善惡以為勸戒此聖人之志也周道既衰學校廢而異端起及漢承秦焚書之後諸儒講說者整齊殘缺以為之義訓恥於不知而人人各自為說至或遷就其事以曲成其已學其於聖人有得有失此經師之業也惟是聖人之意也太師之職也聖人之志也經師之業也今之學詩者不出於此

四者而罕有得焉者何哉勞其心而不知其要逐其末而忘其本也何謂本末作此詩述此事善則美惡則刺所謂詩人之意者本也正其名別其類或繫於此或繫於彼所謂太師之職者本也察其美刺知其善惡以為勸戒所謂聖人之志者本也求詩人之意達聖人之志者經師之本也講太師之職因其失傳而妄自為之說者經師之末也今夫學者得其本而通其末斯盡善矣得其本而不通其末闕其所疑可也雖其本有所不能通

者猶將闕之况其末乎所謂周召邶鄘唐豳之風是可疑也考之諸儒之說既不能通欲從聖人而質焉又不可得然皆其末也若詩之所載事之善惡言之美刺所謂詩人之意幸其具在也然頗為衆說汩之使其義不明今去其汩亂之說則本義粲然而出矣今夫學者知前事之善惡知詩人之美刺知聖人之勸戒是謂知學之本而得其要其學足矣又何求焉其末之可疑者闕其不知可也蓋詩人之作詩也固不謀於太師矣今夫

學詩者求詩人之意而已太師之職有所不知何害乎學詩也若聖人之勸戒者詩人之美刺是已知詩人之意則得聖人之志矣

豳問

或問七月豳風也而鄭氏分為雅頌其詩八章以其一章二章為風三章四章五章六章之半為雅又以六章之半七章八章為頌一篇之詩別為三體而一章之言半為雅而半為頌詩之義果若是乎應之曰七月周公

之作也其言豳土寒暑氣節農桑之候勤生樂事男女耕織衣食之本以見大王居豳興起王業艱難之事此詩之本義毛鄭得之矣其為風為雅為頌吾所不知也所謂七月之本義幸在者吾既得之矣其末有所難知者闕之可也雖然吾知鄭氏之說自相牴牾者矣今詩之經毛鄭所學之經也經以為風而鄭氏以為雅頌豈不戾哉夫一國之事謂之風天下之政謂之雅以其成功告於神明謂之頌此毛鄭之說也然則風諸侯之事

雅天子之事也今所謂七月者謂之風可矣謂之雅頌則非天子之事又非告成功於神明者此又其戾者也風雅頌之為名未必然然於其所自為說有不能通也問者又曰鄭氏所以分為雅頌者豈非以周禮籥章之職有吹豳詩雅頌之說乎應之曰今之所謂周禮者不完之書也其禮樂制度蓋有周之大法焉至其考之於事則繁雜而難行者多故自漢興六經復出而周禮獨不為諸儒所取至或以為黷亂不經之書獨鄭氏尤推

尊之宜其分豳之風為雅頌以合其事也問者又曰今豳詩七篇自鴟鴞以下六篇皆非豳事獨七月一篇豈足以自為一國之風然則七月而下七篇寓於豳風爾豳其自有詩乎周禮所謂豳雅豳頌者豈不為七月而自有豳詩而今亡者乎至於七月亦嘗亡矣故齊魯韓三家之詩皆無之由是言之豳詩其猶有亡者乎應之曰經有其文猶有不可知者經無其事吾可逆意而謂然乎

魯問

或問魯詩之頌僖公盛矣信乎其克淮夷伐戎狄服荆舒荒徐宅至于海邦蠻貊莫不從命何其盛也泮水曰既作泮宫淮夷攸服矯矯武臣在泮獻馘又曰既克淮夷孔淑不逆又曰憬彼淮夷來獻其琛閟宫曰戎狄是膺荆舒是懲又曰淮夷來同魯侯之功又曰遂荒徐宅至于海邦淮夷蠻貊及彼南夷莫不率從其武功之盛威德所加如詩所陳五霸不及也然魯在春秋時常爲

弱國其與諸侯會盟征伐見於春秋史記者可數也皆無詩人所頌之事而淮夷戎狄荆舒徐人之事有見於春秋者又皆與頌不合者何也案春秋僖公在位三十三年其伐邾者四敗莒滅項者各一此魯自用兵也其四年伐楚侵陳六年伐鄭是時齊桓公方稱伯主兵率諸侯之師而魯亦與焉爾二十八年圍許是時晉文公方稱伯主兵率諸侯而魯亦與焉爾十五年楚伐徐魯救徐而徐敗十八年宋伐齊魯救齊而齊敗二十六年

齊人侵伐魯鄙魯乞師于楚楚爲伐齊取穀春秋所記僖公之兵止於是矣其自主兵所伐邾莒項皆小國雖能滅項反見執于齊其所伐大國皆齊晉主兵其所救者又力不能勝而輒敗由是言之魯非強國可知也烏有詩人所頌威武之功乎其所侵伐小國春秋必書烏有所謂克服淮夷之事乎惟其十六年一會齊侯于淮爾是會也淮夷侵鄫齊侯來會謀救鄫爾由是言之淮夷未嘗服于魯也其曰戎狄是膺荆舒是懲者鄭氏以

謂僖公與齊桓舉義兵北當戎與狄南艾荆及羣舒案僖公即位之元年齊桓二十七年也齊桓十七年伐山戎遠在僖公未即位之前至僖公十年齊侯許男伐北戎魯又不與鄭氏之説既繆而詩所謂戎狄是膺者孟子又曰周公方且膺之如孟子之説豈僖公事也荆楚也僖公之元年楚成王之十三年也是時楚方強盛非魯所能制僖之四年從齊桓伐楚而齊以楚強不敢速進乃次于陘而楚遂與齊盟于召陵此豈魯僖得以為

功哉六年楚伐許又從齊桓救許而力不能勝許男卒面縛銜璧降于楚十五年楚伐徐又從齊桓救徐而力又不能勝楚卒敗徐取其婁林之邑舒在僖公之世未嘗與魯通惟三年徐人取舒一見爾蓋舒爲徐取之矣然則鄭氏謂僖公與齊桓南艾荆及羣舒者亦繆矣由是言之詩所謂戎狄是膺荆舒是懲者皆與春秋不合矣楚之伐徐取婁林齊人徐人伐楚英氏以報之蓋徐人之有楚伐也不求助於魯而求助於齊以報之以此

見徐非魯之與國也則所謂遂荒徐宅者亦不合於春秋矣詩孔子所刪正也春秋孔子所修也詩之言不妄則春秋疎繆矣春秋可信則詩妄作也其將奈何應之曰吾固已言之矣雖其本有所不能達者猶將闕之是也惟闕其不知以俟焉可也

序問

或問詩之序卜商作乎衛宏作乎非二人之作則作者其誰乎應之曰書春秋皆有序而著其名氏故可知其

作者詩之序不著其名氏安得而知之乎雖然非子夏
之作則可以知也曰何以知之應之曰子夏親受學於
孔子宜其得詩之大㫖其言風雅有變正而論關雎鵲
巢騶虞之周公召公使子夏而序詩不為此言也自聖人
没六經多失其傳一經之學分為數家不勝其異說也
當漢之初詩之說分為齊魯韓三家晚而毛氏之詩始
出久之三家之學皆廢而毛詩獨行以至於今不絶今
齊魯之學没不復見而韓詩遺說往往見於他書至其

經文亦不同如逶迤郁夷之類是也然不見其終始亦莫知其是非自漢以來學者多矣其卒舍三家而從毛公者蓋以其源流所自得聖人之㫖多歟今考毛詩諸序與孟子說詩多合故吾於詩常以序爲證也至其時有小失隨而正之惟周南召南失者類多吾固已論之矣學者可以察焉

詩本義卷十四

詩本義卷十五

宋 歐陽修 撰

詩解統序

五經之書世人號為難通者易與春秋夫豈然乎經皆聖人之言固無難易繫人之所得有深淺今考於詩其難亦不讓二經然世人反不難而易之用是通者亦罕使其存心一則人人皆能明而經無不通矣大抵謂詩

為不足通者有三曰章句之書也曰淫繁之辭也曰猥細之紀也若然孔子為泛儒矣非唯令人易而不習之考於先儒亦無幾人是果不足通歟唐韓文公最為知道之篤者然亦不過議其序之是否豈足明聖人本意乎易書禮樂春秋道所存也詩關此五者而明聖人之用焉迹其道不知其用之與奪猶不辨其物之曲直而欲制其方圓是果成乎故二南牽於聖賢國風惑於先後豳居變風之末惑者溺於私見而謂之兼上下二雅

混於小大而不明三頌昧於商魯而無辨此一經大槩之體皆所未正者先儒既無所取捨後人因不得其詳由是難易之說興焉毛鄭二學其說熾辭辯固已廣博然不合於經者亦不為少或失於疎略或失於謬妄蓋詩載關雎上兼商世不及武成平桓之間君臣得失風俗善惡之事廣闊遼邈有不失者鮮矣是亦可疑也予欲去鄭學之妄益毛氏疎略而不至者合之於經故先明其統要十篇庶不為之蕪泥云爾

二南為正風解

天子諸侯當大治之世不得有風風之生天下無王矣故曰諸侯無正風然則周召可為正乎曰可與不可非聖人不能斷其疑當文王與紂之時可疑也二南之詩正變之間可疑也可疑之際雖惡紂而主文王然文王不得全有天下爾亦曰服事於紂焉則二南之詩作於事紂之時號令征伐不止於受命之後爾豈所謂周室衰而關雎始作乎史氏之失也推而別之二十五篇之

詩在商不得為正在周不得為變焉上無明天子號令由已出其可謂之正乎二南起王業文王正天下其可謂之變乎此不得不疑而輕其與奪也學詩者多推於周而不辨於商故正變不分焉以治亂本之二南之詩在商為變而在周為正乎或曰未喻曰推治亂而迹之當不誣矣

周召分聖賢解

聖人之治無異也一也統天下而言之有異焉者非聖

人之治然也由其民之所得有淺深焉文王之化出乎其心施乎其民豈異乎然孔子以周召為别者蓋上下不得兼而民之所化有淺深爾文王之心則一也無異也而說者以為由周召聖賢之異而分之何哉大抵周南之民得之者深故因周公之治而繫之豈謂周公能行聖人之化乎召南之民得之者淺故因召公之治而繫之豈謂召公能行賢人之化乎殆不然矣或曰不繫於雅頌何也曰謂其本諸侯之詩也又曰不統於變風

何也曰謂其周迹之始也列於雅頌則終始之道混矣雜於變風則文王之迹殆矣雅頌不可混周迹之始其將略而不具乎聖人所以慮之也由是假周召而分焉非因周召聖賢之異而別其稱號爾蓋民之得者深故其心厚心之感者厚故其詩切感之薄者亦猶其深故其心淺心之淺者故其詩略是以有異焉非聖人私於天下而淺深厚薄殊矣二南之作當紂之中世而文王之初是文王受命之前也世人多謂受命之前則大姒不

得有后妃之號夫后妃之號非詩人之言先儒序之云爾考於其詩惑於其序是以異同之論爭起而聖人之意不明矣

王國風解

六經之法所以法不法正不正由不法與不正然後聖人者出而六經之書作焉周之衰也始之以夷懿終之以平桓平桓而後不復支矣故書止文侯之命而不復錄春秋起周平之年而治其事自黍離之什而降於風

絶於文侯之命謂教令不足行也起於周平之年謂正朔不足加也降於黍離之什謂雅頌不足興也教令不行天下無王矣正朔不加禮樂徧出矣雅頌不興王者之迹息矣詩書貶其失春秋憫其微無異焉爾然則詩處於衛後而不次於二南惡其近於正而不明也其體不加周姓而存王號嫌其混於諸侯而無王也近則貶之不著矣無王則絶之太遽矣不著云者周召二南至正之詩也次於至正之詩是不得貶其微弱而無異二

南之詩爾若然宣降之乎太遽云者春秋之法書王以加正月言王人雖微必尊於上周室雖弱不絶其正苟絶而不與豈尊周乎故曰王號之存黜諸侯也次衛之下别正變也桓王而後雖欲其正風不可得也詩不降於厲幽之年亦猶春秋之作不在惠公之世爾春秋之作傷典誥之絶也黍離之降憫雅頌之不復也幽平而後未有如宣王者出則禮樂征伐不在諸侯而雅頌可知矣柰何推波助瀾縱風止燎乎

十五國次解

國風之號起周終豳皆有所次聖人豈徒云哉而明詩者多泥於疏說而不通或者又以為聖人之意不在於先後之次是皆不足為訓法者大抵國風之次以兩而合之分其次以為比則賢善者著而醜惡者明矣或曰何如其謂之比乎曰周召以淺深比也衛王以世爵比也鄭齊以族氏比也魏唐以土地比也秦陳以祖裔比也檜曹以美惡比也豳能終之以正故居末焉淺深云

者周得之深故先於召世爵云者衛為紂都而紂不能有為周所有周幽東遷無異是也加衛於先明幽紂之惡同而不得近於正焉姓族云者周法尊其同姓而異姓者為後鄭先於齊其理然也土地云者魏本舜地唐為堯封以舜先堯明晉之亂非魏褊儉之等也祖裔云者陳不能興舜而襄公能大於秦子孫之功陳不如矣穆姜卜而遇艮之隨乃引文言之辭以為卦說夫穆姜始筮時去孔子之生尚十四年爾是文言先孔子而有

乎不然左氏不為誕妄也推此以迹其怪則季札觀樂之次明白可驗而不足為疑矣夫黍離已下皆平王東遷桓王失信之詩是以列於國風言其不足正也借使周天子至甚無道則周之樂工敢以周王之詩降同諸侯乎是皆不近人情不可為法者昔孔子大聖人其作春秋也既微其辭然猶不欲公傳於人第口授而已況一樂工而敢明白彰顯其君之惡哉此又可驗孔子分定為信也本其事而推之以著其妄庶不為無據云

定風雅頌解

詩之息久矣天子諸侯莫得而自正也古詩之作有天下焉有一國焉有神明焉觀天下而成者人不得而私也體一國而成者衆不得而違也會神明而成者物不得而欺也不私焉雅著矣不違焉風一矣不欺焉頌明矣然則風生於文王而雅頌雜於文王之間風之變自夷懿始雅之變自厲幽始霸者興變風息焉王道廢詩不作焉秦漢而後何其滅然也王通謂諸侯不貢詩天子

不採風樂官不違雅頌國史不明變非民之不作也詩出於民之情性情性其能無哉職詩者之罪也通之言其幾於聖人之心矣或問成王周公之際風有變乎曰豳是矣幸而成王悟也不然則變而不能復矣豳之去雅一息焉蓋周公之心也故能終之以正

十月之交解

小雅無厲王之詩著其惡之甚也而鄭氏自十月之交已下分其篇以為當刺厲王又妄指毛公為詁訓時移

其篇第因引前後之詩以為據其說有三一曰節彼刺師尹不平此不當譏皇父擅恣子謂非大亂之世者必不容二人之專不然李斯趙高不同生於秦也其二曰正月惡褒姒滅周此不當疾豔妻之說出於鄭氏非史傳所聞況褒姒之惡天下萬世皆同疾而共醜者二篇譏之殆豈過哉其三曰幽王時司徒乃鄭桓公友此不當云番維司徒予謂史記所載鄭桓公在幽王八年方為司徒爾豈止桓公哉是三說皆不合於經不可案法為鄭

氏者獨不能自信而欲指他人之非斯亦惑矣今考雨無正已下三篇之詩又其亂說歸向皆無剌厲王之文不知鄭氏之説何從而為據也孟子曰説詩者不以文害辭不以辭害意非如是其能通詩乎

魯頌解

或問諸侯無正風而魯有頌何也曰非頌也不得已而名之也四篇之體不免變風之例爾何頌乎頌惟一章而魯頌章句不等頌無頌字之號而今四篇皆有其序

曰季孫行父請命于周而史作之亦未離乎彊也頌之本一人是之未可作焉訪于衆人衆人可之猶曰天下有非之者又訪于天下天下人亦曰可然後作之無疑矣僖公之政國人猶未全其惠而春秋之貶尚不能逃未知其頌何從而興乎頌之美者不過文武文武之頌非當其存而作者也皆追述也僖公之德孰與文武而曰有頌乎先儒謂名生於不足宜矣然聖人所以列為頌者其說有二貶魯之彊一也勸諸侯之不及二也請

于天子其非彊乎特取於魯其非勸乎或曰何謂勸曰僖公之善不過復土宇修宮室大牧養之法爾聖人猶不敢遺之使當時諸侯有過於僖公之善者聖人忍絶去而不存之乎故曰勸爾而鄭氏謂之備三頌何哉大抵不列於風而與其為頌者所謂憫周之失貶魯之彊是矣豈鄭氏之云乎

商頌解

古詩三百篇始終於周而仲尼兼以商頌豈多記而廣

録者哉聖人之意存一頌而有三益大商祖之德其益一也予紂之不憾其益二也明武王周公之心其益三也昌謂大商祖之德曰頌具矣昌謂予紂之不憾曰憫瘵矣昌謂明武王周公之心曰存商矣案周本紀稱武王伐紂下車而封武庚于宋以為商後及武庚叛周公又以微子繼之是聖人之意雖惡紂之暴而不忘湯之德故始終不絕其為後焉或曰商頌之存豈異是乎曰其然也而人莫之知矣非仲尼武王周公之心殆而成

湯之德微毒紂之惡有不得其著矣向所謂存一頌而有三益焉者妄云哉

詩本義卷十五

欽定四庫全書

詩本義卷十六

宋 歐陽修 撰

鄭氏詩譜

鄭氏譜序云自共和以後得太史年表接於春秋而次序乃明今詩諸國惟衛齊變風在共和前餘皆宣王已後予之舊圖起自諸國得封而止於詩止之君旁繫于周以世相當而詩列右方然有一君之世當周數王者則考其詩

當在某王之世隨事而列之如鄘柏舟衛淇澳皆衛武公之詩柏舟之作乃武公即位之初年當繫宣王之世淇澳美其入相則繫之平王之世其詩不可知其早晚其君又當數世之王則皆列於最後如曹共公身歷惠襄頃三世之王其詩四篇頃王之世之類是也今既補之鄭則第取有詩之君而略其上下不復次之而粗述其興滅於後以見其終始若周之詩失其世次者多今為鄭補譜且從其說而次之亦可據以見其失在予之别論此不著焉

周　召

文王　武王

關雎

葛覃

卷耳

樛木

螽斯

桃夭

兎罝

芣苢

漢廣

汝墳

麟趾

鵲巢

采蘩

草蟲

采蘋

行露

羔羊

殷其雷

摽有梅

小星

江有汜

野有死麕

騶虞

周詩世次依毛鄭説則如此考於實則其失尤多已具予之别論大小論亦然自邶鄘已下或有依毛鄭之説而又失錯者各隨而正之如後

邶鄘衛

夷王 厲 共和 宣 幽 平 桓 莊 釐 惠 襄

頃侯 釐侯 釐侯 釐侯 武公 武公 州吁 黔牟 惠公 惠公 文公

邶柏舟 武公 莊公 宣公 惠公 懿公 鄘蝃蝀

鄘柏舟　宣公　惠公　戴公　相鼠

右武公　衛淇澳　邶燕燕　文公

右武公　日月　鄘載馳

邶綠衣　終風　右戴公

衛考槃　擊鼓

衛碩人　凱風

右莊公　右州吁

邶雄雉

匏葉

谷風

式微

旄邱

簡兮

泉水

北門

北風

靜女

新臺

二子乘舟

衛氓

竹竿

伯兮

有狐

右宣公

衛牆茨

鄘偕老

桑中

鶉奔

芄蘭

右惠公

修據史記年表及衛世家云周武王封康叔於衛康叔卒子康伯立卒子孝伯立卒子嗣伯立卒子建伯

立卒子靖伯立卒子貞伯立卒頃侯立當夷王時衛之變風始作至於襄公凡十二君而有詩者六次於譜自成公已下無詩又二十四君至於君角為秦始皇帝所滅鄘柏舟衛淇奥已解於左惠公歷桓莊釐惠四王之世而詩皆在初年蓋皆惠公幼時之詩也文公歷惠襄二王之世而定之方中乃其即位二年之時故繫於惠王之時

檜鄭

夷王厲共和宣幽平桓莊釐惠

羔裘　桓公　桓公　武公　莊公　昭公　昭公　厲公　厲公

素冠　莊公　仲子　厲公　子亹　東門　文公

隰有長楚　緇衣　叔于田　有女　子儀　蔓草　溱洧

匪風　右武公　大叔　右忽公　扶蘇　右厲公　右厲公

右檜　羔裘　褰裳　蘀兮　清人

無世　遵路　右厲公　狡童　右文公

次其　女曰　丰

詩在　右蔡公　東門之墠
夷厲　風雨
之際　子衿
揚之水
右昭公

修曰鄭桓公以周宣王二十二年始封於鄭立三十五年為犬戎所殺子武公立當平王時而鄭之變風始作至於文公凡七君而有詩者五次於譜自穆公

後無詩凡十六君至於君乙而為韓哀所滅莊公共叔段之亂在平王之世則大叔于田已上三篇當繫平王時有女同車昭公前立時事褰裳厲公未會諸侯已前亦前立之事故皆繫於桓世

齊

懿 孝 夷 厲 共和 宣 幽 平 桓 莊

哀公 胡公 武公 武公 莊公 莊公 釐公 襄公

胡公 獻公 厲公 釐公 襄公 南山

雞鳴　武公　文公　甫田

還　成公　盧令

著　莊公　敝笱

東方之日　載驅

東方未明　猗嗟

右哀公

修據周武王封太公於齊卒子乙公立卒子癸公立卒子哀公立當懿王時齊之變風始作凡十君至於

襄公而有詩者二次於譜自桓公已下無詩凡十六

君至於康公貧為田和所纂

魏

平桓

葛屨

汾沮洳

園有桃

十畝之間

伐檀

碩鼠

右魏無世家其詩在平桓之間

唐

共和 宣 幽 平 桓 莊 釐 惠

靖侯 僖侯 殤侯 文侯 鄂侯 晉侯 晉侯 獻公

僖侯 獻侯 文侯 昭侯 小子侯 武公 葛生

穆侯 孝侯 哀侯 無衣 采苓

殤侯　鄂侯　晋侯　有杕之杜

蟋蟀　山有樞

右僖侯　揚之水

椒聊

綢繆

杕杜

羔裘

鴇羽

右昭侯

修據周成王封叔虞於唐卒子燮立改為晉侯卒子武侯立卒子成侯立卒子厲侯立卒子靖侯立卒子僖侯立當宣王時唐之變風始作凡十三君至於獻公有詩者四次於譜自惠公已下無詩又十九君至於靖公為韓魏趙所滅

秦

厲 共和 宣 幽 平 桓 莊 釐 惠 襄

秦仲
秦仲 秦仲 莊公 襄公 文公 武公 武公 德公 穆公
莊公 襄公 文公 靈公 德公 宣公 康公
駟鐵 出公 成公 晨風
小戎 武公 穆公 無衣
蒹葭 渭陽
終南 權輿
右襄公 右康公

修據周孝王封非子於秦邑爲附庸非子卒秦侯立

辛子公伯立辛子秦仲立當周宣王時命為大夫而
變風始作凡十一君至于康公有詩者三次於譜共
公已下無詩又二十一君是為始皇帝

陳

共和宣幽平桓莊釐惠襄頃

幽公 釐公 武公 平公 桓公 莊公 宣公 宣公 共公

釐公 武公 夷公 文公 厲公 宣公 穆公 靈公

宛邱 衡門 平公 桓公 莊公 共公 株林

東門之枌　東門之池　防有鵲巢　澤陂

右幽公　東門之楊　月出　右靈公

右釐公　右宣公

修據周武王封媯滿於陳是為胡公卒子申公立卒弟相公立卒申公子孝公立卒子慎公立卒子幽公立當周厲王時陳之變風始作凡十三君至於靈公有詩者五次於譜成公已下又六君至於湣公而楚惠王滅陳

曹

惠王　襄　頃

莊公　共公　共公

僖公　候人

昭公　鳲鳩

共公　下泉

蜉蝣

右昭公

修據周武王封叔振鐸於曹卒子太伯脾立卒子仲君立卒子宮伯立卒子素伯立卒弟幽伯立卒弟戴伯立卒子惠伯立卒子碩角立卒弟繆公立卒子桓公立卒子莊公立卒子釐公立卒子昭公立當周惠王時曹之變風始作至於共公凡二君有詩次於譜共公已下無詩又十君至於伯陽宋景公滅曹

豳

成王　周公

七月

鴟鴞

伐柯

九罭

破斧

東山

狼跋

王

平王　桓王　莊王

黍離　兔爰　丘中有麻

君子于役　采葛

君子陽陽　大車

揚之水

中谷有蓷

葛藟

二雅

文 武 成 康昭穆共懿孝夷厲 宣 幽

四牡 南陔 常棣 十月之交 六月 節南山

皇皇者華 白華 南有嘉魚 雨無正 采芑 正月

伐木 華黍 南山有臺 小旻 車攻 小弁

天保 由庚 小宛 吉日 巧言

采薇 崇丘 民勞 鴻雁 何人斯

出車 由儀 板 庭燎 巷伯

杕杜 蓼蕭 蕩 沔水 谷風

棫樸　湛露　柳　鶴鳴　蓼莪
旱麓　彤弓　桑柔　祈父　大東
靈臺　菁菁者莪　白駒　四月
緜　文王　黄鳥　北山
思齊　大明　我行其野　無將大車
下武　斯干　小明
文王有聲　無羊　鼓鍾
生民　雲漢　楚茨

車韋

青蠅

賓之初筵

魚藻

采菽

角弓

菀柳

都人士

采綠

黍苗

隰桑

白華

緜蠻

瓠葉

漸漸之石

苕之華

何草不黄

瞻卬

召旻

詩譜補亡後序

歐陽子曰昔者聖人已没六經之道幾熄於戰國而焚於秦自漢以來收拾亡逸發明遺義而正其譌謬得以粗備傳於今者豈止一人之力哉後之學者因迹前世之所傳而較其得失或有之矣若使徒抱焚餘殘脱之

經倀倀於去聖人千百年後不見先儒中間之說而欲
特立一家之學者果有能哉吾未之信也先儒之論苟
非詳其終始而牴牾貫諸聖人而悖理害經之甚有不
得已而後改易者何以徒為異論以相訾也毛鄭於詩
其學亦已博矣予嘗依其箋傳考之於經而證以序譜
惜其不合者頗多蓋詩述商周自生民玄鳥上陳稷契
下迄陳靈公千五六百歲之間旁及列國君臣世次國
地山川封域圖牒鳥獸草木蟲魚之名與其風俗善惡

方言訓詁盛衰治亂美刺之由無所不載然則孰能無
失於其閒哉予疑毛鄭之失既多然不敢輕為改易之
意其為說不止於箋傳而已恨不得盡見二家之書不
能遍通其旨夫不盡見其書而欲折其是非猶不盡人
之辡而欲斷其訟之曲直其能果於自決乎其能使之
自服乎世言鄭氏詩譜最詳求之久矣不可得雖崇文
總目秘書所藏亦無之慶歷四年奉使河東至於絳州
偶得焉其文有注而不見名氏然首尾殘缺自周公致

太平已上皆亡之其國譜旁行尤易為訛舛悉皆顛倒錯亂不可復序凡詩雅頌兼列商魯其正變之風十有四國而其次比莫詳其義惟封國變風之先後不可以不知周召王豳同出於周邶鄘并於衛檜魏無世家其可考者陳齊衛晉曹鄭秦此封國之先後也豳齊衛檜陳唐秦鄭魏曹此變風之先後也周南召南邶鄘衛王鄭齊豳秦魏唐陳曹此孔子未刪之前周太師樂歌之次第也周召邶鄘衛王鄭齊魏唐秦陳檜曹豳此鄭氏

詩譜次第也黜檜後陳此今詩次第也初予未見鄭譜嘗略考春秋史記本紀世家年表而合以毛鄭之說為詩圖十四篇今因取以補鄭譜之亡者足以見二家所說世次先後甚備因據而求其得失較然矣而仍存其圖庶幾一見予於鄭氏之學盡心焉爾夫盡其說而不通然得以論正予豈好為異論哉凡補譜十有五補其文字二百七譜序自周公致太平已上皆亡其文予取孔穎達正義所載之文補足因為之注自周公已下即用舊注云增損塗乙改正者八百八十三而鄭氏之

譜復完矣

詩本義卷十六

總校官候補知府臣葉佩蓀

校對官編修臣何循

謄録監生臣倪玫